睦月影郎

湘南の妻たちへ

実業之日本社

実業之日本社文庫

湘南の妻たちへ　目次

湘南の妻たちへ

第一章　バイト先は人妻の群れ

1

(すごい、大きな屋敷だ……)

メモを頼りに目当ての家を探し当てた伸司《しんじ》は、その豪邸に目を見張った。

東京から東海道線で南下し、大船《おおふな》でモノレールに乗り換え、湘南《しょうなん》の海が見える丘で降りて少し歩くと、小沢《おざわ》邸があった。

山内《やまうち》伸司は高校三年生、早生まれなので、まだ十七歳である。

高校生活最後の夏休みで、本来なら受験勉強に取り組まなければいけないのだが、ほぼ推薦が決まるということだった。

勉強の方は常に上位にいたがスポーツはまるでダメ、所属も文芸部だったし、シャイなため彼女も出来ず、まだファーストキスさえ知らない完全無垢《むく》な童貞であった。

だから、せめて最後の夏休み、何か心ときめく体験は出来ないものかと思っているときに、このバイトの話が来たのである。

小沢邸は、伸司の文芸部の同級生、亜以《あい》の母親の実家であった。

亜以は誕生日が過ぎて、もう十八歳になっている。しかし小柄で愛くるしく、年齢よりずいぶん若く見える美少女だった。

伸司は密《ひそ》かに彼女を思い、毎晩のようにオナニー妄想でお世話になっていたから、今回の話は実に嬉《うれ》しかった。

「夏休み、湘南にあるママの実家でバイトできないかしら。ホームパーティが年中あるから、皿洗いとか雑用ばっかりだけど」

「行く」

一学期の終わりに亜以に言われて、伸司は即答していた。

まだ彼は亜以に告白する度胸はないが、そうしたことで繋《つな》がりを深めておきたかったのである。

どうやら亜以は、母親からバイトできる男子を頼まれていたらしい。文芸部は部員も少なく、あまり活発な活動はしていなかったので、亜以も他に頼む男がいなかったのだろう。

仲司も力仕事は苦手だったが、皿洗いぐらいは出来るし、何しろ可憐《かれん》な同級生の親の家に、何日か泊まり込めるだけでも感激だった。それに夏休みなのだから亜以だって来ることだろう。

亜以は母親と、都内でマンションに暮らしていた。商社マンの父親はアメリカに行っているらしい。

そして亜以が卒業したら、マンションを引き払って湘南の小沢邸に住むことになっているようだった。だから亜以の志望大学も、湘南にある女子大だと聞いている。

とにかく、仲司は大きな門の脇にあるインターホンを押した。

すると、すぐに屋敷から女性が出てきて、門まで歩いてきた。

「亜以ちゃんの同級生の、山内仲司です」

「ええ、聞いてます。わあ、真面目《まじめ》そうな子で良かったわ」

亜以の母親、亜矢子《あやこ》が言う。

　彼女はタンクトップに短パン姿だった。亜以の話によると、亜矢子はまだ四十前の三十九歳ということである。

（な、何て若くて綺麗《きれい》な……）

　伸司は、屋敷を見たとき以上に驚いて目を見張った。

　セミロングの髪に、亜以に似た整った顔立ち。そして揺れる巨乳に、豊満な腰のライン、ムッチリした白い太腿《ふともも》が魅惑的で、どこに視線を向けて良いか分からないほどだった。

　亜矢子は門を開け、彼を招き入れてくれた。

　中は広大な庭で芝生《しばふ》があり、ガーデンパーティも出来るようにテーブルなども備えられていた。

　玄関から家に入ると、広いホールにリビング、アンティークな装飾品も実に高価そうだった。

　亜矢子の父親が事業家で、今は夫婦で伊豆《いず》の方に移ったらしい。

　だから亜矢子は、週末のたびに同窓生たちが多くいるここへ来て過ごしていたようだった。それに亜矢子は結婚して亜以を産むまでは、この地元で塾の英語教師をしていたから、教え子たちとも未《いま》だに交流があるらしい。

「まずお二階。伸司くんのお部屋に案内するわ」

亜矢子が言って先に立ち、ホール脇の階段を上がって行き、伸司もあとからついていった。

彼女はスリッパに素足で、ニョッキリしたナマ脚と豊満な尻が躍動して階段を上がっていった。

後ろ姿なので遠慮なく視線を這《は》わせ、生ぬるい風を顔に受けていると、すぐにもムクムクと勃起してきてしまった。

それを懸命に抑え、二階に上がった。

伸司は運動は苦手でも、性欲だけは人一倍あり、毎晩二回三回とオナニーしなければ気持ちが落ち着かないほどだったのである。

二階にも長い廊下があり、ドアが並んでいる。

「ここがトイレ、その横が伸司くんのお部屋よ」

ドアを開けて中に入ると、ベッドと机のある洋間だった。もともと人を招くのが好きらしく、こうした客間がいくつかあるのだろう。

ベッドには布団も備えられ、窓からは広い芝生の庭と、江《え》ノ島《しま》のある湘南の海が広がり、そして西の彼方《かなた》には富士山も見えた。

ベッドにはスタンドと、ティッシュの箱も置かれていたので、毎晩抜けると思ってしまった。

(でも、ザーメンを拭いたティッシュをクズ籠に捨てて見つからないだろうか。ティッシュは、トイレに流して大丈夫なんだっけ……)

仲司は思いながら、着替えの入ったリュックを机に置くと、また亜矢子と一緒に階下へ降りていった。

彼女のあとをついて歩くたび、ふんわりと生ぬるく甘い匂いが感じられた。それが香水なのか、汗の匂いなのかは分からないが、やけに胸を揺さぶる芳香であった。

「ここがバスルーム。洗うものは洗濯機に入れてね」

「はい、分かりました」

答えて中を見ると、洗い場もバスタブもかなり広く、三人ばかりが一緒に入れそうだった。

そしてリビングに戻るとソファをすすめられ、亜矢子が冷たいものを出してくれ、向かいに座った。また仲司は目のやり場に困り、かといって顔を正面から見るのも気恥ずかしく、彼はジュースを飲みながら俯《うつむ》いていた。

「ほとんど洗い物とお掃除のお手伝いだけよ。何しろお客が多いので、大変かも知れないけど、いつまでいられるかしら」

亜矢子は、遠慮なく正面から彼の顔を見つめて言った。

「ええ、他に何も予定がないので、仕事があればいつまででも」

友人たちは受験態勢に入っているし、あとは特に家族旅行などの計画もない。

彼の父親は電機会社のサラリーマンで、母はスーパーのパートだから、休みは家でゆっくりしたいだろう。

「そう、良かったわ。まずやってみて、きつかったら言ってね」

「はい、お願いします」

「海は？　海水浴とかボディボードとか」

「いえ、泳ぎは苦手なので、水泳の授業もいつもサボってました」

「そう、私より色白ですものね。亜以から聞いているわ。勉強はいつもトップクラスだって」

「いえ、大したことないです」

「何日かしたら亜以も来るだろうから、そうしたらお休みをあげるから、少しぐらい一緒に海にでも行くといいわ。せっかく湘南に来たのだから」

亜矢子が言う。亜以は都内のマンションで一人、やはり仲良したちと過ごしてからこちらへ来るようだった。

「はい、そうします……」

「亜以のこと、好きなの？」

「え、いえ……、その、好きだけど、まだ何も言えなくて……」

いきなり訊《き》かれ、伸司はしどろもどろになって答え、顔に血が上ってきた。

「そう、亜以は伸司くんのこと好きみたいよ。そうでなければバイトに誘ったりしないわ」

「そ、そうでしょうか……」

「ええ、勉強ばっかりじゃなく、最後の夏休みなんだから、うんと思い出を作るといいわ」

亜矢子は言い、彼がジュースを飲み終えると立って広いキッチンに案内してくれた。

食堂も広く、さらに庭に出られるようになっているので、キッチンで作った料理もどんどん庭まで運べるだろう。冷蔵庫も冷凍庫も大きく、中流の一軒家に住む伸司からすれば、ここはまるで別世界であった。

とにかく伸司はシンクや調理場を見て、洗い物の手順をイメージした。

彼はTシャツにジーンズ姿である。

するとチャイムが鳴り、亜矢子が出迎えに行くと、門から二台の車が入ってきて、ゾロゾロと何人もの女性たちが入って来たのだった。

誰もが魅惑的で、しかも薄着で豊かな乳房が揺れている。

伸司は、そのボリュームと無遠慮な熱い視線に圧倒されてしまった。

2

「わあ、息子さんなんていたかしら」

「いえ、お手伝いに来てもらった娘のクラスメートなんです」

女性たちが言って伸司を見つめると、亜矢子が答えた。

「山内伸司です」

彼も挨拶し、急に生ぬるく立ち籠めはじめた女性たちの濃厚な匂いに顔を熱くさせた。

女性たちは全部で五人、年齢はまちまちだが、皆美女ばかりである。

あとで聞くと亜矢子のかつての教え子で、今もスポーツクラブや旅行会などで何かと集まっているグループのようだった。

そして全員が人妻で、金も時間もある恵まれた人たちらしい。

「嬉しいわ。いつも女ばかりだから、可愛《かわい》い男の子がいて」

女性たちは、皆彼を歓迎している様子である。

そして皆、二階の客間に行って荷物を置き、また降りてきた。年中来ているので、家の勝手もよく分かっているようだった。

料理好きの何人かがキッチンに立ち、それ以外は庭のテーブルに食器やグラスを運びはじめた。

伸司も運ぶのを手伝い、まず一人の女性と知り合った。

彼女は村松百合子《むらまつゆりこ》と言い、亜矢子に次いで一行の中では年上の、三十代前半だった。

小学生の子がいて、普段は地元の中学で国語教師をしているらしい。

伸司が亜以と同じ文芸部と聞き、何かと話しかけてきたが、アップにした髪とブラウスにタイトスカート、メガネというといまだに女教師然とした顔立ちとコスチュームである。

顔立ちは知的に整い、ブラウスの胸も豊かに膨らんでいた。

「私も亜矢子先生の教え子だったのだけど、彼女はとても優しい先生だったわ。私は憧れて同じような道を歩んだけど、でも最近の子は扱いにくいわ」

百合子が言う。

それより伸司は、一緒に立ち働きながら彼女から漂う、甘ったるい匂いばかり意識してしまった。

「そうですか。まあ中学は色んな学力の子がいますからね」

「ええ、身体《からだ》の大きな子は、いつもイヤらしい目で私を見たり」

百合子が言い、それはそうだろうと伸司は思った。

こんな綺麗でグラマーな先生がいたら、妄想オナニーで毎晩のようにお世話になることだろう。そして進んだ生徒の中には、あわよくば実体験させてもらえないかと思っている奴《やつ》もいるに違いない。

「伸司くんは、好きな先生とかいた？」

「いえ、中学も今も、女の先生は母より上の人ばっかりだったから」

「そう、じゃ年上より同級生の子の方がいい？　例えば亜以ちゃん、すごく可愛いわよね」

「ええ……、でも……」

「でも、何？」

「あんまり、女の子と面と向かって話したことないから」

「そう、消極的な方なのね。それなら何も知らないまま亜以ちゃんを相手にするよりは、まず大人の女性に教わってからの方がいいかも」

百合子が他の人に聞かれないように、顔を寄せて囁《ささや》いた。湿り気ある甘い息の匂いに鼻腔《びこう》をくすぐられ、彼はドキリと胸を高鳴らせ、その刺激が股間に響いてくるのを覚えた。

それにしても教師らしからぬ言葉に伸司は驚いた。大人の女性と、こんな会話を交わすなど生まれて初めてのことである。

百合子も、教師とか子持ちの主婦とかいうよりも、夏休み中ですっかり気分も解放され、一人の女になっているのかも知れない。

こんなとき、「じゃお願いできますか」と言えれば良いのだが、とても伸司には言えないのだった。

それでも、今の彼は亜以との恋愛をするより、とにかく早く初体験がしたいという願望が大きかった。

それは、初対面の亜矢子でも百合子でも良いから、まずは身の内に湧き上がるどうしようもなく大きな性欲を何とかしたいというのが、正直なところだったのである。

そして百合子が言う通り、いきなり無垢同士で亜以と何かするよりは、まず年上の女性に手ほどきを受けたいというのが正直な気持ちであった。

やがて日が傾く頃、順々に料理も出来上がったので、皆席に着いて飲み食いをはじめた。

伸司もジュースを飲んで食事をし、赤く染まる西空と、影絵になった富士を眺めた。

女性たちは賑《にぎ》やかにお喋《しゃべ》りをし、缶ビールを空けるとワインにし、食事を終えた伸司は空の皿や瓶を運んだ。

「いいのよ、ゆっくりで」

「はい、大丈夫です」

亜矢子が言った、このために来ているので伸司も甲斐甲斐《かいがい》しく働いてはシンクで洗い物をした。

「良い子ねえ。頭も良さそうだし」

「亜以ちゃんとお似合いじゃないの」

彼女たちの、そんな会話も聞こえてきた。

やがて日が暮れるとガーデンパーティも一段落し、

「カラオケに行きましょう」

誰かが言うと、皆賛成した。

「伸司くんも来る？」

「いえ、片付けがあるし、それにカラオケは苦手なんです」

誘われたが、彼が固辞すると女性たちも諦めたようだ。

「私も、少し飲みすぎたのでお部屋で休んでいるわ」

すると百合子も言い、残る五人がワゴンに乗り込んで走り去っていった。一人だけ、アルコールを飲まない女性がいたので彼女が運転した。

伸司が庭の片付けにかかると、百合子が手伝ってくれた。

「あ、どうかお部屋で休んでいて下さい。僕やりますから」

「ううん、飲み過ぎたのは嘘《うそ》。急いで片付けて、私のお部屋へ行きましょう。みんな三時間以上は帰ってこないから」

言われて、また伸司はドキリとした。

（しょ、初体験できるんだろうか……）

そう思い、とにかく期待は膨らむが、緊張に目眩《めまい》を起こしそうだったので、とにかく片付けを手早くした。

庭のテーブルを片付け終わり、一緒にキッチンで洗い物をすると、彼は百合子に誘われて二階の部屋に行った。

百合子の部屋も、伸司と同じように机とベッド、作り付けのクローゼットがあるだけで、客が来るとき以外使っていないようだった。

「ね、さっきの話の続きよ。どうも、男子の一部は私をオナペットにしているみたいなの。どう思うかしら」

彼女がベッドの端に座って言い、伸司は椅子に腰掛けた。

「と、当然と思います。覚えたてで夢中だし、綺麗な先生がいれば誰でも……」

「そう、とにかくしてみたい年頃よね。高校生ならなおさら」

「え、ええ……」

「本当にまだ何も知らないの？　女のことを」

「ええ……、フォークダンスで手を握ったことがある程度です……」

「じゃ、まだキスも知らないのね」

百合子が言い、嬉しげにメガネの奥の目をキラキラさせた。

「私が教えてもいい？　誰にも内緒で」

とうとう百合子が言って身を乗り出し、伸司の手を握ってベッドへと引っ張った。もちろん彼も、こんな綺麗な教師で人妻が相手なら何の文句もない。

「あ、あの……」

「なに」

「シャワーを……、ずいぶん動き回ったから……」

「構わないわ。もう勢いがついてしまったから、このましてしまいましょう」

百合子が言い、彼をベッドに仰向《あおむ》けにさせると、ベルトを解いてジーンズを引き脱がせてきたのだった。

「アア……」

伸司は夢でも見ているように身も心もぼうっとなり、か細く声を洩《も》らしてされるままになった。

ジーンズを脱がされると、さらに彼女はTシャツの裾をまくり上げ、下着も下ろしてしまった。下半身が丸出しにされたが、ペニスは緊張に縮こまってしまっている。

妄想の時や、匂いを感じたときはすぐ勃《た》つのだが、やはり生身で年上の女性が相手だと度胸のない彼は萎縮してしまうのだろう。

「まあ、可愛いわ……」

百合子は言い、自分は着衣のまま、大股開きにさせた彼の股間に腹這い、顔を寄せてきたのだった。

3

「ああ……、は、恥ずかしい……」

伸司は、一回り以上年上である百合子の、熱い視線と吐息を股間に感じて声を震わせた。もちろん異性に見られるなど、初めてのことである。

百合子はそろそろと手を伸ばし、幹に触れて包皮を剝《む》くと、初々しい亀頭がクリッと露出した。

「綺麗な色だわ。何て美味《おい》しそう……。うちの生徒たちも、みんなこうなっているのね……」

彼女が言い、触れられた彼自身はムクムクと急激に勃起しはじめていった。

「嬉しい、勃ってきたわ」

百合子は柔らかな手のひらで幹を包み込んで囁き、ニギニギと動かしながら顔を寄せ、縮こまった陰嚢《いんのう》にヌラヌラと舌を這わせてきたのである。

「アア……！」

睾丸《こうがん》が転がされ、彼はそんな部分が激しく感じることを初めて知って喘《あえ》いだ。

そして彼女は袋全体を生温かな唾液にまみれさせると、指を離してゆっくりとペニスの裏側を、付け根から先端に向けて舐《な》め上げてきたのだ。

ペニスは最大限に勃起し、滑らかな舌の刺激にヒクヒクと震えた。

さらに百合子は、粘液が滲《にじ》みはじめた尿道口をチロチロと舐め回した。

今日の昼過ぎ、出がけにシャワーは浴びてきたが、洗い物の途中でトイレに何回か行って小用を足したのだ。

それでも構わず彼女は念入りに舐め、張り詰めた亀頭にもしゃぶり付いた。

「ああ、男の子の匂い……」

百合子は、いちいち感想を囁きながら舌を這わせ続けた。

「い、いきそう……」

伸司は急激に高まり、降参するように腰をよじって声を絞り出した。

「まあ、もう？　初めてだから仕方ないわね。じゃ一回まず出しちゃいなさい。どうせ若いのだから続けて出来るでしょう。私も飲んでみたいし」

百合子が強烈なことを言い、再び亀頭を含み、そのままスッポリと喉の奥まで呑《の》み込んでいった。

付け根近くの幹が口で丸く締め付けられ、百合子は吸い付きながら熱い鼻息で恥毛をそよがせた。

口の中ではクチュクチュと舌がからみつき、たちまちペニス全体は美人妻で教師の生温かな唾液にどっぷりと浸って震えた。

「ああ……」

伸司は、夢のような快感に、ただ喘ぐことしか出来なかった。

まさか、ファーストキスより先にフェラチオが体験できるなど夢にも思わず、しかもこのまま射精して構わないらしいのだ。

恐る恐る股間を見ると、しゃぶりながら百合子も彼を見上げていたが、スポンと口を離した。

「目をそらさないで、しっかり見て。自分が何をされているのか」

教師のような口調で言われると、伸司も視線が離せなくなってしまった。

咥《くわ》えていた百合子も、目を上げて彼を見つめながら、今度は顔を上下させ、スポスポと濡《ぬ》れた口で強烈な摩擦を開始したのだ。

少しでも長く味わっていたかったが、もう限界であった。

「い、いく……、アアッ……！」

とうとう伸司は身を反らせながら喘ぎ、ガクガクと腰を跳ね上げて昇り詰めてしまった。そして、溶けてしまいそうな大きな絶頂の快感に全身を貫かれると、熱い大量のザーメンが勢いよくドクンドクンとほとばしり、彼女の喉の奥を直撃した。

「ク……、ンンッ……」

噴出を受け止めた百合子が熱く鼻を鳴らし、さらに上気した頬をすぼめてチューッと吸い付いてくれた。

「あう……」

強い吸引に思わず腰が浮き、伸司は腰をよじって呻《うめ》いた。

これが噂《うわさ》のバキュームフェラなのだろう。吸われるとドクドクする脈打つリズムが無視され、まるでペニスがストローと化し、陰嚢から直《じか》に吸い出されているようだった。

これは、オナニーでは得られない激しい快感で、彼は魂まで吸い出されるようだった。

そして美熟女の意思で吸い出されていると思うと、口を汚してしまったという罪の意識も薄れ、彼は心ゆくまで快感を嚙《か》み締め、最後の一滴まで出し尽くしてしまったのだった。

「ああ……」

力尽きて声を洩らし、硬直を解いてグッタリと身を投げ出すと、ようやく百合子も吸引と摩擦を止めてくれた。

そして亀頭を含んだまま、口に溜《た》まった大量のザーメンを、息を詰めてゴクリと飲み込んでくれたのである。

「く……！」

嚥下《えんげ》と同時に口腔がキュッと締まり、彼は駄目押しの快感に呻いた。

百合子も、チュパッと口を引き離すと、なおも余りをしごくように幹を握って動かし、尿道口から滲んで脹《ふく》らむ白濁の雫《しずく》まで丁寧に舐め取り、綺麗にしてくれたのだった。

「あう……、ど、どうか、もう……」

仲司は幹を過敏に震わせて呻き、降参するように腰をよじった。

すると、ようやく百合子も舌を引き離してくれた。

「すごい勢いと量だわ。それにとっても濃かった……」

彼女が股間から、ヌラリと淫らに舌なめずりして言った。

仲司は荒い息遣いと鼓動がいつまでも激しく続き、グッタリと四肢を投げ出していた。

「さあ、じゃ回復するために、何でも言ってね」

百合子がいったんベッドを降り、ブラウスとスカートを脱ぎ、ためらいなく下着ごとパンストを下ろすと、ブラを外してメガネを置いた。服を脱ぎ去ると、内に籠もっていた熱気が甘ったるく解放されて揺らめいた。

たちまち一糸まとわぬ姿になって艶《なま》めかしい全裸を晒《さら》し、メガネを外した美しい素顔を見せた。

それを見ると、余韻に浸っていた仲司も急激に回復し、身を起こして乱れていたTシャツを脱ぎ去り、同じく全裸になって横たわった。

すると百合子も優雅な仕草で添い寝してきたので、彼は甘えるように腕枕してもらった。

「いいわ、何でも好きなようにしてみて……」

百合子が言い、伸司は彼女の腋《わき》の下に鼻を埋め込み、目の前で息づく巨乳にそろそろと手を這わせていった。

腋はスベスベだが生ぬるくジットリと湿り、何とも甘ったるい汗の匂いが濃厚に籠もり、悩ましく鼻腔を満たしてきた。

「汗臭くない……？　嫌でなければいいけど……」

受け身になると急に気になりだしたように、百合子が息を詰めて言い、乳首をいじられてビクリと熟れ肌を強《こわ》ばらせた。

豊かな膨らみは柔らかさの中にも張りがあり、乳首はコリコリと硬くなって、指の腹でいじりながら、彼は徐々に移動してチュッと吸い付いていった。

「ああ……」

百合子が熱く喘ぎ、豊かな膨らみを息づかせた。

伸司は顔を押し付けて巨乳の感触を味わい、乳首を舌で転がした。相手がどう感じるかという愛撫《あいぶ》ではなく、自分がそうしたいのだ。

充分に味わうと、伸司はもう片方の乳首にも移動して含み、チロチロと舐め回した。

そして白く滑らかな熟れ肌を舐め下り、形良い臍《へそ》を舌で探り、ぴんと張り詰めた下腹にも顔を押し付けて弾力を味わった。

しかし射精したばかりで勿体《もったい》ないので、股間には向かわず、豊満な腰からムッチリした太腿へと下りていったのだ。

股間を見たり舐めたりすれば、すぐ入れたくなり、またあっという間に済んでしまいそうな気がする。せっかく今は満足しているので、念願の女体を隅々まで味わい、肝心な部分は最後に取っておきたかった。

百合子も身を投げ出し、息を弾ませながら彼の好きにさせてくれていた。

スベスベの脚を舐め下り、足首まで行くと仲司は足裏に回り込んで顔を押し当てた。

実は彼は足が好きで、以前こっそりと亜以の上履きを嗅いでしまったこともあるのだった。

踵《かかと》から土踏まずを舐め、綺麗に揃《そろ》った足指の間に鼻を割り込ませて嗅ぐと、そこは生ぬるい汗と脂にジットリ湿り、蒸れた匂いが悩ましく沁《し》み付いていた。

仲司は美女のムレムレの足の匂いを貪り、爪先にしゃぶり付いて順々に指の股に舌を潜り込ませて味わった。

「あう、そんなことしたいの……」

　百合子が呻いて言い、唾液に濡れた指で彼の舌を挟み付けてきたが、拒みはしなかった。

　彼は両足とも、全ての指の間を堪能《たんのう》し、味と匂いが薄れるほど貪り尽くしてから、やがて股を開かせ、脚の内側を舐め上げて股間に迫っていったのだった。

4

「アア……、恥ずかしいわ。無垢な子に見られるなんて……」

　百合子が声を震わせて言い、白い下腹をヒクヒクと波打たせた。

　伸司は、白くムッチリした内腿を舐め上げ、熱気と湿り気の籠もる股間に顔を寄せていった。

　見ると、ふっくらした丘には黒々と艶のある恥毛が程よい範囲に茂り、割れ目からはみ出した陰唇がヌメヌメと潤っていた。

　恐る恐る指を当て、愛液にヌメる陰唇を左右にグイッと広げると、中身が丸見えになった。

中も綺麗なピンクの柔肉で蜜に濡れ、花弁状に襞《ひだ》の入り組む膣口《ちつこう》が妖しく息づいていた。ポツンとした小さな尿道口もはっきり確認でき、包皮の下からはツヤツヤした真珠色の光沢を放つクリトリスがツンと突き立っていた。

何と綺麗で艶めかしいものなのだろう。

伸司も、今まで裏ネットなどで女性器を見たことはあったが、やはりナマで見るのは格別であった。

「そ、そんなに見ないで……」

百合子が、彼の熱い視線と息を股間に感じて声を震わせた。

伸司も我慢できなくなり、吸い寄せられるように顔を埋め込んでいった。

柔らかな茂みに鼻を擦《こす》りつけて感触を味わうと、隅々に籠もった匂いが生ぬるく鼻腔を刺激してきた。

大部分は、腋に似た甘ったるい汗の匂いで、それにうっすらとオシッコの匂いも混じって悩ましく胸を掻《か》き回した。

割れ目に舌を這わせ、陰唇の内側に挿し入れていくと、ヌメリは淡い酸味を含んでいた。もちろん不快ではなく、膣口を掻き回すと溢《あふ》れる蜜で舌の動きがクチュクチュと滑らかになった。

そして柔肉をたどって味わいながら、ゆっくりとクリトリスまで舐め上げていくと、

「アアッ……！」

百合子がビクッと顔を仰《の》け反《ぞ》らせて熱く喘ぎ、内腿でキュッときつく彼の両頰を挟み付けてきた。

やはりクリトリスが最も感じるようで、伸司は自分のような未熟な愛撫で大人の女性が感じて喘ぐのが嬉しく、チロチロと弾《はじ》くように舌先を蠢《うごめ》かせた。

「あう、そこ……、とっても気持ちいいわ……」

百合子が息を震わせて言い、舐めながら見上げると、熟れ肌が息づき、巨乳の谷間から彼女の仰け反る色っぽい顔が見えた。

そして彼は、悩ましい味と匂いをすっかり堪能すると、いったん顔を離した。

「こうして……」

言って両脚を浮かせ、オシメでも替えるような格好にさせて、突き出された尻の谷間に迫った。

白く豊満な尻は実に形良い逆ハート型をし、谷間には薄桃色の蕾《つぼみ》が恥じらうようにキュッと閉じられていた。

蕾に鼻を埋め込むと、顔中に豊かな双丘が心地《ここち》よく密着して弾んだ。

淡い汗の匂いに混じり、秘めやかな微香も感じられて悩ましく鼻腔を刺激してきた。

いかにシャワートイレを使用していても、動いているうちには無意識に気体が漏れることもあるだろう。その香りで、どんな美女でもちゃんと排泄《はいせつ》する人間なのだということが分かった。

微香を貪ってから舌を這わせ、細かに収縮する襞を濡らすと、彼はヌルッと潜り込ませて滑らかな粘膜を探った。

「あう……！」

百合子が驚いたように呻き、キュッと肛門《こうもん》できつく舌先を締め付けてきた。

伸司が内部で舌を蠢かすと、

「アア……、変な気持ち……、嫌じゃないの？　そんなところ舐めて……」

百合子が言って浮かせた脚を震わせ、彼の鼻先にある割れ目から新たな愛液をトロトロと漏らしてきた。

ようやく彼も舌を離して脚を下ろし、再び割れ目に戻って大量のヌメリをすすり、クリトリスにもチュッと吸い付いていった。

あまりに彼女が喘ぎ、悶《もだ》えて反応してくれるので、もう伸司の緊張も気負いも消え失《う》せ、してみたいことがどんどん積極的に出来るようになっていた。

「い、入れて……」

すっかり高まったように百合子が言うと、伸司も舌を引っ込めて顔を上げた。

もちろん彼自身は完全に回復し、すっかり元の硬さと大きさを取り戻してピンピンに屹立《きつりつ》していた。

大股開きにさせて股間を進めてゆき、急角度に勃起した幹に指を添えて下向きにさせると、彼は先端を濡れた割れ目に擦り付けて、ヌメリを与えながら位置を探った。

「も、もう少し下よ……、そう、そこ、来て……」

百合子も腰を浮かせて誘導しながら言い、やがて彼はグイッと押し込んでいった。張り詰めた亀頭が潜り込むと、あとは潤いに助けられながら、ヌルヌルッと根元まで呑み込まれた。

「アアッ……、いいわ、奥まで感じる……！」

百合子が身を弓なりに反らせて激しく喘ぎ、濡れた柔肉をキュッときつく締め付けてきた。

伸司も股間をピッタリと密着させながら、肉襞の摩擦と温《ぬく》もり、潤いと締まりを感じながら、とうとう女体と一つになり、初体験をしたのだという感激と快感に包まれた。

しばし温もりと感触を味わっていると、若いペニスを味わうようにキュッキュッと締め付けながら、百合子が両手を伸ばして彼を抱き寄せた。

伸司も脚を伸ばし、ゆっくりと身を重ねていくと、胸の下で巨乳が押し潰れて弾み、うっすらと汗ばんだ熟れ肌が密着した。

「つ、突いて……、強く何度も、奥まで……」

百合子が言い、待ちきれないようにズンズンと股間を突き上げはじめた。

恥毛が擦れ合い、コリコリする恥骨の膨らみまで伝わり、彼も合わせてぎこちなく腰を動かした。

すると、次第に互いの動きが一致し、リズミカルになっていった。

溢れる愛液が律動を滑らかにさせ、揺れてぶつかる陰嚢も生温かく濡れ、クチュクチュと淫らに湿った摩擦音も聞こえてきた。

幸い、さっき射精したばかりなので、少しの間は暴発の心配もなく、彼は心ゆくまで初体験の快感を味わうことが出来た。

もし口内発射をせず、こうして初体験したとしたら、挿入時の摩擦快感だけであっという間に漏らしてしまったことだろう。

徐々に激しく、股間をぶつけるように動きながら、仲司は上からピッタリと唇を重ねていった。

互いの全てを舐め合い、こうして童貞を喪失して動きながら、最後の最後でようやくファーストキスを経験したのだった。

「ンン……」

百合子も熱く鼻を鳴らしながら唇を密着させ、ヌルリと舌を挿し入れてきた。

仲司は美女の舌を舐め回し、生温かな唾液のヌメリを味わった。

そして動き続けるうち、

「い、いきそうよ……」

百合子が唇を離して仰け反り、淫らに唾液の糸を引きながら口走った。

喘ぐ口から吐き出される息を嗅ぐと、それは熱く湿り気を含み、白粉《おしろい》のような甘い刺激に、ほのかなワインの香気も感じられた。

さらに薄化粧の香りと、唇で乾いた唾液の匂いも悩ましく混じり、仲司は美女の吐息に酔いしれ、たちまち高まっていった。

「い、いく……！」

摩擦快感と女の匂いの中で伸司は口走り、二度目の絶頂を迎え、ありったけのザーメンをドクンドクンと柔肉の奥にほとばしらせてしまった。

「あ、熱いわ、いく……、あぁーッ……！」

すると、噴出を感じた途端にオルガスムスのスイッチが入ったように、百合子も声を上ずらせ、ガクガクと狂おしい痙攣《けいれん》を開始した。

腰が跳ね上がるたび、伸司は全身をバウンドさせ、抜けないよう懸命に股間を押しつけながら射精した。

そして快感を噛み締め、心置きなく最後の一滴まで出し尽くすと、彼は満足しながら徐々に動きを弱めていった。

「アア……」

すると百合子も、満足げに声を洩らしながら、熟れ肌の強ばりを解いてグッタリと身を投げ出していった。

伸司が遠慮なくもたれかかり、体重を預けながら荒い呼吸を繰り返すと、まだ膣内は名残《なごり》惜しげな収縮を繰り返し、刺激されたペニスがヒクヒクと過敏に内部で跳ね上がった。

「あう、もう暴れないで……、感じすぎるわ……」

するとし、百合子も敏感になっているように呻き、幹の震えを押さえつけるようにキュッときつく締め付けてきた。

仲司は初体験の感慨に浸って温もりを味わい、美女の吐き出す甘い息を間近に嗅ぎながら、うっとりと快感の余韻を嚙み締めたのだった……。

5

「ただいま。百合子さんは？」

「まだお部屋で寝てると思いますよ」

夜の十時頃、一行がゾロゾロとカラオケから帰宅すると亜矢子が言い、仲司もリビングで迎えて答えた。

仲司は初体験を終えると身繕いをし、階下に降りて、少しソファで仮眠していたのだ。

「お風呂は沸いてる？」

「はい、いつでも入れますので」

「じゃ順々に入って、また飲み直しましょう」

亜矢子が言うと、伸司も皆と一緒に今度はリビングで飲む仕度をし、まず女性たちが三人いっぺんにバスルームへ行った。

するとニ階から百合子も降りてきて、何事もなかったように飲み会に加わったのだ。

「ぐっすり眠っちゃったわ。すっきりしたのでまた飲みましょう」

百合子が言い、伸司もジュースで付き合った。

今度は伸司も一緒なので、主婦たちは何かと彼にも話しかけてきたが、どうにも伸司は百合子が眩《まぶ》しく、股間が熱くなってしまった。

仮眠したので肉体も淫気もすっかりリセットされ、すぐまたしたくなっていたのだ。

それに百合子の肉体を知ると、他の様々なタイプの主婦たちのアソコも想像に難くなく、今までと違い妄想もリアルになっていたのである。

やがて三人が風呂から上がってきて、次の三人が入れ替わりにバスルームへと行った。

もちろん伸司はバイトなので、最後の入浴となる。

湯上がりの三人は、Tシャツにホットパンツ姿で、しかもノーブラなので胸の膨らみにはぽっちりした乳首もはっきり浮き上がり、また伸司は股間をムズムズさせてしまった。

湯上がりとはいえ群れとなると彼女たちの体臭が入り混じり、喫煙者はいないが吐き出す息にアルコールの香気が含まれ、それらがミックスされて何とも悩ましい熱気に彼は酔いしれてしまった。

そして三人がバスルームから出てくると、

「もう十一時だわ。未成年をそんなに遅くまで働かせられないから、伸司くんも入浴して寝なさい」

亜矢子が言った。

「分かりました」

「ここの片付けは私たちでしておくから」

「はい、じゃお願いします」

伸司は言って立ち上がり、皆に挨拶してリビングを出た。

「本当にいい子ねえ」

また話が聞こえてきた。

そして二階の部屋に行って着替えを持って降り、バスルームに入った。

自分がいなくなると、百合子が皆に話してしまうのではないかと心配になったが、まあ大人だし教師だし、そんなことにはならないだろうとも思った。

広い脱衣所に入ると、六人分の匂いが生ぬるく残っていた。

シャツと下着を脱いで、言われていたようにドラム式洗濯機の蓋を開けて入れようとすると、六人分の下着が中に入っていた。

（うわ……）

伸司は思わず心の中で歓声を上げた。これほど多くの、色とりどりの女性下着を見るのは初めてだ。白にベージュに赤に黒。手に取って見ると、どれも薄く柔らかな手触りで、あの豊満な腰が覆えるのだろうかと思えるほど小さなものが多かった。

さすがに良いところの主婦たちばかりなので、高級品が多いのだろうし、一枚一枚広げて見ると、股間の当たる部分もほんの僅かなシミぐらいしか認められなかった。

どれが誰のものか分からないが、順々に鼻を埋《うず》めて嗅いでいくと、全て甘ったるい汗の匂いが濃厚に繊維の隅々に沁み付いていた。

もちろんその刺激が胸から股間に伝わり、童貞を失ったばかりのペニスがムクムクと最大限に勃起してしまった。

股間の当たる部分は汗ばかりでなく、オシッコや恥垢臭《ちこう》も悩ましく混じり、彼は分析するように嗅ぎまくった。

肛門の当たる部分にも鼻を擦りつけて嗅いだが、特に目立った匂いは感じられなかったので、やはりシャワートイレにより匂いも付着も皆無に近いようだ。

それでも六人分の性臭で鼻腔を満たし、伸司はペニスをいじらなくても射精しそうなほど興奮を高めてしまった。

とにかく触れた痕跡がないよう元に戻し、自分の下着も入れて蓋をした。

まるで自分が六人の主婦たちに包まれたようで、明日は一緒に洗濯され、揉《も》みくちゃにされることだろう。

とにかくバスルームに入ると、そこにも六人分の体臭が甘ったるく濃厚に立ち籠めていた。

また彼は、彼女たちに包まれた心地がして勃起が治まらなかった。

それでも綺麗に使われ、湯船に恥毛が浮いていることもなく、椅子も桶《おけ》もきちんと揃えられていた。

伸司はシャワーの湯を浴び、うっすらと感じられていた百合子の匂いを洗い落とし、ボディソープで全身を擦ってシャンプーで髪を洗った。

そして湯に浸《つ》かり、バイトに来た初日に初体験をした感慨に耽《ふけ》った。

紹介してくれた亜以は、まさか彼がこんな経験をしているなど夢にも思っていないだろう。

やがて風呂から上がると身体を拭き、また下着を嗅ぎたいのを我慢し、持ってきた歯ブラシで歯磨きをし、シャツと下着、短パンを着て脱衣所を出ると、リビングに顔を出した。

「じゃ、部屋に戻りますね。おやすみなさい」

「ええ、お疲れ様。また明日ね。おやすみ」

六人はまだ遅くまで飲みながらお喋りするらしい。

二階の部屋に戻って窓の外を見ると、下の芝生にはリビングの灯《あか》りが洩れ、江ノ島の灯台がキラリと光った。

伸司は短パンだけ脱ぎ、ベッドに横になって携帯を見たが、友人の誰からもメールは届いておらず、少しSNSを見てから携帯を消し、枕元のスタンドのスイッチを切った。

（とうとう初体験したんだ……、しかも、初対面の教師で主婦で、一回り以上も年上の美女と……）

暗い部屋で伸司は思い、勃起しながらこのままオナニーしてしまおうかと思ったが、やめることにした。

もしかして、誰かがこの部屋に入ってくるのではないか。そんな期待をしたのである。

たまに階下から、皆の笑い声が聞こえてきた。順番に彼を抱こうとか、そんな話になっていないだろうかと想像してしまった。

しかし誰かが来ることもなく、さすがに知らない屋敷で緊張の第一夜めだし、ずいぶん働いたから疲れも溜まっていたのだろう。間もなく彼は深い眠りに落ちていったのだった……。

——翌朝、伸司は六時半過ぎに目覚めてしまった。

すでに明るく、鳥の声が聞こえている。

静かだから、まだみんなは寝ているのだろう。横になったまま、伸司は昨夜の出来事を思い出し、朝立ちもあって興奮が甦《よみがえ》った。

ここはトイレの隣の部屋だから、壁に耳を当てれば、二階に寝ている五人たちの排泄音が聞こえるかも知れない。

そう思ったが誰も入ってこなかった。

すっかり目が冴《さ》えたので起き出して短パンを穿《は》き、窓のカーテンを開けた。

今日も良い天気で、江ノ島も富士山も綺麗に朝日に映えていた。

そして七時前に部屋を出ると、トイレに入ってから階下に行き、洗面所で歯を磨いて顔を洗った。

リビングに来ると、昨夜の水割りのグラスなどがそのままになっているので、音を立てないようキッチンのシンクに運んだ。

階下で寝ているのは亜矢子だけである。

伸司が静かに洗い物をはじめようとすると、その時その亜矢子が起きてきて顔を見せた。

「おはよう。早いのね」

「おはようございます。済みません、起こしちゃいましたか」

伸司は、ピンクのネグリジェ姿の色っぽい亜矢子に、また目のやり場に困りながら答えた。

「ううん、私はもう起きる時間だから」

亜矢子は答え、広いシンクに並んで一緒に洗い物をしてくれた。

「朝食は自分の分だけでいいわよ。みんな起きたら、私たちはドライブに出てどこかでブランチするので」

亜矢子が言い、寝起きの吐息が悩ましく濃厚に伸司の鼻腔を刺激してきた。

伸司はまた、ゾクゾクと胸を震わせて股間を熱くさせてしまったのだった。

第二章　新妻の艶《なま》めかしき匂い

1

「じゃ伸司くん、行ってくるわね。日暮れ前には戻るから」

「あとで美緒《みお》に水でも持っていってあげてね」

女性たちが伸司に言い、五人がワゴンに乗って出ていった。

結局、皆が起きてきたのは九時頃で、着替えて顔を洗うとすぐドライブに出かけていったのだ。

美緒というのは、連中の中では若い二十代半ばで、吉川《よしかわ》美緒という結婚半年の新婚らしい。

美緒は、少々二日酔い気味なので、彼女だけ残ることになったのである。もう伸司は朝食と片付けを済ませていたし、あとは昼になったら勝手に余り物で食事を済ませるだけだ。

夕方は皆で何か食べ物を買ってくると言うので、飲み物の仕度と、あとは風呂掃除をして湯を張っておけば他に仕事はない。

洗濯は、出る前に亜矢子が済ませて庭に干してある。

伸司は、誰もいない屋敷内を探検してみた。広いホールとリビングにキッチンの他はバストイレと、亜矢子の寝室に、夫や祖父が使っていた書斎と膨大な蔵書のある書庫などもあった。しかし小説は僅かで、大部分は経営学や起業に関する専門書ばかりだった。

亜矢子の寝室に入ると、そこはダブルベッドが備えられ、まだ彼女の熟れた体臭が生ぬるく立ち籠めていた。

思わず枕に顔を埋め込んで嗅ぐと、ほのかな湿り気とともに、悩ましい匂いが濃く沁《し》み付いて鼻腔《びこう》を刺激してきた。

リンスや化粧の香りに、汗や涎《よだれ》などの成分も混じっているのだろうか、その匂いに彼は激しく勃起してきた。

もちろんオナニーは控え、言われていたことを思い出し、キッチンに戻ってグラスに水を入れ、二階に持っていくことにした。

不在の部屋は全てドアが開け放たれ、一つだけ閉まっている部屋があった。

空いている部屋を順々に覗《のぞ》いて枕の残り香を嗅ぎ、最後に閉まっているドアを軽くノックした。

「はい……」

「失礼します」

すぐ返事があったので開けて入ると、美緒がベッドに横になっていたが、そんな辛《つら》そうでもなく、携帯をいじっていた。

ショートカットで目が大きく、色白で淡い雀斑《そばかす》が清楚《せいそ》な印象を与えていた。タンクトップが艶《なま》めかしく膨らみ、下はピンクのショーツだけで、薄掛けもせずニョッキリとしたナマ脚を伸ばしていた。

「お水持ってきました」

「どうも有難う。そこへ置いといてね」

「食事も出来ますけど」

「何時かしら？　まだいいわ、君と一緒にお昼をしましょう」

美緒は携帯の時計を見て言い、スイッチを切って置いた。二日酔い気味というより、出かけるのが面倒だっただけのようだ。

「みんなは出かけた？」

「ええ、二十分ぐらい前に」

「そう。ね、少しお話ししたいわ。こっちへ来て」

言われてベッドに近づくと、美緒が彼の手を握って引っ張った。そのまま横になると、彼女が伸司に腕枕してギュッと抱きすくめてきたのである。

「わ……」

「ああ、可愛《かわい》い……」

伸司が驚いて身を硬くすると、美緒は彼の髪を撫《な》で回しながら、タンクトップの胸をギュッと顔に押し付けてきた。

昨夜は入浴したが、やはり一晩経《た》って、甘ったるい汗の匂いもだいぶ濃く沁み付きはじめていた。

「お話聞いてくれる？」

「え、ええ……」

このまま始まるのかと思ったら、美緒が仰向《あおむ》けになって言った。

「私は、先月に二十五歳になったばかりなのだけど、結婚半年になる夫は一回り上なの」

美緒が話しはじめた。結婚前の学生時代は三歳ばかり上の彼氏がいたようだが就職で疎遠になり、大卒で就職して間もなく上司に見初められ、付き合ったのち結婚したらしい。

「でも、最初のうちはそれなりに夫婦生活があったのだけど、夫は忙しいこともあって最近は滅多に手を出してこないわ。男って、そんなものなのかしら。若い君に言っても仕方のないことなのだけれど」

「僕だったら、年中したいと思うのですけど……」

「それは若いからかも知れないわね。でも、若い頃の彼氏も淡泊で、あんまりセックスに興味ない感じだったわ……」

要するに、絶大な欲求はあるのに、男が応えてくれないという不満が大きいようだった。

「興味ないなんて、僕には考えられないです」

「まだ童貞よね？」

「は、はい……」

伸司はそう答えながら、こんな質問が出るということは昨夜の飲み会で、やはり百合子は皆に内緒にしてくれていたのだと安心した。

「思春期の妄想って、すごいんでしょう？　してみたいことは山ほどある？」

「あ、あります……」

「入れてみたい？」

「セ、セックスよりも、見たり触れたりしたい気持ちの方が大きいです……」

「そう、してもいいわよ。ううん、何でも言えばしてあげる。妄想を、一つ一つ試してみましょう。年下の子で、まして童貞なんて初めてだから、どんな妄想を持ってるか興味あるの」

美緒が言い、身を起こしてタンクトップと下着を脱ぎ去っていった。

「さあ、君も脱いで」

言われて起き上がり、彼も手早くTシャツと、下着ごと短パンを脱ぎ去り、全裸になって再び仰向けになった。

童貞のふりをするというのも後ろめたいが、昨日知ったばかりなので、まだほとんど無垢《むく》と同じであろう。それに美緒も、初めての若い男に相当興奮を高めているようだった。

ペニスは、ピンピンに屹立《きつりつ》していた。もう百合子との最初のように、緊張に萎えることもないし、それにさっきまで美人妻たちの残り香を嗅いで下地が出来ているのである。

「してほしいこと言ってみて」

美緒が、チラと勃起したペニスに目を遣《や》って言った。自分の楽しみより、まずは少年の欲求に好奇心が湧いているようだった。

「じゃ、ここに立って、足の裏を僕の顔に乗せて……」

「まあ、そんなことされたいの？　どうして？」

「好きな女の子の上履きを嗅いじゃったことがあるので、ナマ足も感じてみたいので……」

「そう、いいわ、前からしてみたかったことなら」

正直に言うと、美緒も頷《うなず》いて彼の顔の横にスックと立ってくれた。

彼女は壁に手を突いて身体《からだ》を支えながら、そろそろと片方の足を浮かせ、そっと足裏を伸司の顔に乗せた。

「アア……、変な気持ち。こんなことしていいのかしら……」

美緒はガクガクと膝を震わせて喘《あえ》ぎ、加減しながら押し付けてきた。

伸司も、顔中で若妻の足裏の感触を味わい、舌を這《は》わせながら見上げると割れ目が見え、濡《ぬ》れはじめているのが分かった。

どうも昨夜の百合子ではないが、最初から淫らな意図で一人残ったのではないかとさえ思えた。

指の股に鼻を押し付けて嗅ぐと、蒸れた匂いはそれほど濃くはなかった。

それでも爪先にしゃぶり付き、順々に指の間に舌を割り込ませて味わうと、美緒が激しく反応した。

「あう！　くすぐったくて気持ちいいわ……、こんなことされたの初めて……」

彼女が息を詰めて言い、やがて伸司は貪り尽くすと足を交代してもらった。

もう片方の足も、味と匂いを堪能《たんのう》してしゃぶり、やがて彼は美緒の足首を摑《つか》んで顔の左右に置いた。

「しゃがんで」

「ああ……、恥ずかしいわ……」

真下から言うと、顔に跨《また》がった美緒が羞恥に声を震わせながら、和式トイレスタイルでゆっくりしゃがみ込んできてくれた。

濡れている股間が鼻先に突き付けられると、熱気と湿り気が彼の顔を包んだ。

健康的な脚がM字になり、脹《ふく》ら脛《はぎ》と内腿《うちもも》がムッチリと張り詰めて量感を増し、伸司も興奮を高めて目を凝らした。

恥毛は薄い方で、割れ目からはみ出した陰唇が濡れ、内腿との間に淫らに糸を引いていた。

彼は興奮を高めながら、触れずに要求をしたのだった。

2

「ね、広げて説明して」

「アア……、そ、そうね、初めてならよく見たいでしょう……」

伸司が言うと、美緒も声を震わせながら答え、自ら割れ目に指を当ててきた。

「これが小陰唇よ……」

彼女が言って、縦長のハート型をした陰唇を指で左右にグイッと広げて見せてくれた。中もヌラヌラと潤うピンクの柔肉で、奥には襞《ひだ》の入り組む膣口《ちつこう》が息づいている。

「穴が見えるでしょう。そこへオチ×チ×を入れるのよ」

「オシッコは？」

「その少し上に、小さな穴が見えないかしら……」

「もっと近くに来て」

言うと、美緒も片膝を突いて触れんばかりに割れ目を彼の鼻先に迫らせてくれた。確かに、愛液にヌメる柔肉にポツンとした尿道口が見えた。

彼女は、無垢と思い込んでいる伸司の熱い視線と息を真下から股間に感じながら、次第に羞恥で朦朧《もうろう》となり、さらに多くの愛液をトロトロと湧き出させたのだった。

「クリトリスは？」

伸司も、あまりに彼女が舞い上がっているので、かえって冷静になって言い、その羞恥反応を見る余裕を持ちはじめていた。

やはり一人でも女体を知るというのは大きな成長であり、百合子に比べるとまだまだ美緒は未熟で、気持ちを揺らがせながら少年に欲望をぶつけている様子が分かった。

「こ、これよ……」

美緒が言って、指の腹で包皮を剝《む》き、クリッと光沢ある突起を露出させた。

クリトリスは百合子より小粒だが、やはり割れ目全体は若妻らしく初々しい感じがした。

「ね、舐《な》めてもいい?」

「い、いいわ……、舐めてくれるのね……」

美緒が言い、割れ目から指を離すと、さらに股間を押しつけてきた。

伸司も腰を抱えて茂みに鼻を埋め込み、隅々に籠もる熱気を嗅ぎながら舌を挿し入れていった。

汗とオシッコの匂いもはっきり分かるが、やはり寝ていただけなのでそれほど濃くはなかった。

「い、嫌な匂いしない?」

「いい匂い。でも控えめすぎで、もっと濃くても大丈夫」

気になるように美緒が言い、伸司は答えながら舌先で膣口の襞を探り、淡い酸味のヌメリをクチュクチュ掻《か》き回しながら、ゆっくりクリトリスまで舐め上げていった。

「アアッ……、い、いい気持ち……」

美緒が、ビクッと反応して熱く喘いだ。

そして片膝を突いたままギュッと座り込まないように、もう片方の足を懸命に踏ん張った。

彼も味と匂いを貪り、溢《あふ》れる淡い酸味の愛液をすすって心ゆくまで堪能した。

しかも顔に跨がられ、下から舐めているという状況も、何やら無理矢理させられているようで興奮した。

さらに白く丸い尻の真下に潜り込み、顔中に双丘を受け止めながら谷間のピンクの蕾《つぼみ》に鼻を押し付けた。生々しい匂いはなく、淡い汗の匂いだけだが、チロチロと舌を這わせると、また美緒が激しく反応した。

「う、嘘《うそ》……、そんなところ舐めるの……？」

彼女が声を上ずらせて言い、伸司がヌルッと潜り込ませると、キュッと肛門《こうもん》できつく締め付けてきた。

どうやら、かつての彼氏も今の夫も、足や肛門を舐めない男のようだった。

いや、あるいは世間の大部分がそうなのだろうか。

伸司はオナニーの妄想でも、こうした部分を舐めたり嗅いだりするのが定番だったのだ。

滑らかな粘膜を舌で味わうと、さらに割れ目のヌメリが増していった。

そして舌を引き離し、再び割れ目に戻って愛液をすすり、チュッとクリトリスに吸い付くと、

「も、もういいわ……、変になりそう……」

昇り詰めそうになったか、美緒が言って懸命に股間を引き離してきた。

やはり童貞なんかの舌で果てるのは何とも惜しく、一番の目的は挿入なのだろう。

「今度は私の番よ……」

美緒がとろんとした眼差《まなざ》しで言い、彼を大股開きにさせて真ん中に腹這い、股間に顔を寄せてきた。

伸司も熱い視線と息を股間に感じ、期待に胸と幹を震わせた。

「勃《た》ってるわ、嬉《うれ》しい……」

美緒は近々とペニスを見つめて言い、裏側をチロッと舐め上げ、幹を指で支えながら、粘液の滲《にじ》む先端にヌラヌラと舌を這わせてきた。

「アア……」

「出さないでね。どうしても無理だったら言って」

彼が喘ぐと、美緒が警戒しながら答え、なおも亀頭をしゃぶってくれた。

そして先端を含むと、そのままスッポリと喉の奥まで呑《の》み込んでゆき、幹を丸く締め付けて吸い、熱い鼻息で恥毛をくすぐった。

口の中では、探るようにチロチロと舌がからみつき、彼自身はたちまち若妻の生温かな唾液にまみれて震えた。

さらに彼女が顔を上下させ、スポスポとリズミカルに濡れた口で強烈な摩擦を開始してきたので、

「い、いきそう……」

すっかり高まった伸司が言うと、彼女もすかさずチュパッと口を引き離してくれた。

「じゃ、入れてね」

「どうか、上から跨いで下さい……」

「いいわ、上なんて滅多にしないのだけれど」

美緒が言って身を起こし、仰向けの彼の上を前進してきた。

股間に跨がると幹に指を添え、自らの唾液に濡れた先端に割れ目を押し当て、位置を定めると意を決したように息を詰め、ゆっくり腰を沈み込ませて膣口に受け入れていったのだった。

たちまち屹立したペニスは、ヌルヌルッと滑らかな肉襞の摩擦を受けながら、温かく濡れた柔肉の奥に呑み込まれていった。

「アアッ……、いいわ……！」

完全に座り込んだ美緒が、顔を仰《の》け反《ぞ》らせて喘ぎ、密着した股間をグリグリと擦《こす》り付けてきた。

伸司も、何とか必死に暴発を堪《こら》えて肛門を引き締めた。

童貞だからすぐ果てても叱られはしないだろうが、やはり彼は少しでも長く味わいたかったのである。

「どうか、動かないで……」

「いいわ、動いたら終わっちゃうのね。ゆっくり味わってね」

言うと美緒も納得してくれ、締め付けるだけで腰は動かさないまま身を重ねてきた。

伸司は顔を上げ、覆いかぶさってくる乳房に顔を埋め込み、チュッと乳首に吸い付いて舌で転がした。

ほんのり汗ばんだ胸元と腋《わき》からは、何とも生ぬるく甘ったるい体臭が漂い、匂いだけでも彼は危うくなってしまった。

「ああ……、もっと吸って……」

美緒が喘ぎ、彼の顔中に張りのある膨らみをムニュッと押し付けてきた。そして乳首が感じると、連動するように膣内がキュッキュッと締まった。

伸司は左右の乳首を含んで舐め回し、さらに彼女の腋の下にも鼻を埋め込んでいった。しかしジットリ汗ばんでいるのに、甘ったるい匂いは実に淡く控えめなものだった。

「汗臭くない？」

「うん、もっと匂っても構わないのに……」

「匂い、好きなの？」

「初めてだから……」

彼はまた無垢なふりをして腋を嗅ぎ、さらに美緒を抱き寄せると、首筋を舐め上げて唇に迫った。

唇を重ねると、彼女も上からピッタリと密着させ、自分からヌルッと舌を潜り込ませてきた。伸司も両手でしがみつき、僅かに両膝を立てて尻の感触も味わいながら、チロチロと舐め回し、生温かな唾液のヌメリを味わい、鼻から洩《も》れる息を嗅いだ。

基本的には花粉のように甘い刺激が含まれているが、それに寝起きで濃くなった分と、アルコールの発酵臭が淡く混じっていた。

匂いの刺激に思わずズンズンと股間を突き上げると、

「アアッ……、いい気持ち、もっと突いて……！」

美緒が口を離して熱く喘いだ。

セーブしようと思っても、いったん動くと腰が止まらなくなってしまった。

3

「ああ……、い、いきそうよ……、まだ我慢して……」

美緒が喘ぎながら言い、突き上げに合わせて腰を遣いはじめた。

大量の愛液が溢れて律動を滑らかにさせ、クチュクチュと淫らに湿った摩擦音が響いた。生ぬるいヌメリは彼の陰嚢《いんのう》を生温かく濡らし、肛門の方にまで伝い流れてきた。

二人の動きもリズミカルに一致し、いつしか股間をぶつけ合うほどに激しいものになっていた。

美緒の口から吐き出される息は、鼻から漏れるものより匂いが濃く、悩ましい刺激に鼻腔が満たされた。美女なのに、むしろ芳香ばかりでないところに、ギャップ萌《も》えのような興奮が湧いた。

「つ、唾を垂らして……」

「飲みたいの？　出るかしら……」

高まりながらせがむと、美緒は答えながらも、喘ぎ続けて乾き気味の口中に懸命に唾液を分泌させた。そして形良い唇をすぼめて迫ると、白っぽく小泡の多い唾液をトロトロと吐き出してくれたのである。

それを舌に受けて味わい、伸司はうっとりと喉を潤した。

ズンズンと激しく股間を突き上げながら、伸司は美緒の口に鼻を押し込んだ。

「しゃぶって……」

言うと彼女も、まるでフェラチオするように鼻の頭を舐め回してくれた。

悩ましい唾液と吐息の匂いに包まれ、とうとう伸司は大きな絶頂の快感に全身を貫かれてしまった。

「い、いく……、アアッ……！」

口走りながら、熱いザーメンをドクンドクンと勢いよくほとばしらせると、

「き、気持ちいいわ……、ああーッ……！」

噴出を感じると同時に美緒も声を上ずらせ、ガクガクと狂おしいオルガスムスの痙攣《けいれん》を開始したのだった。

あとは彼女も声もなく、突き上がる快感の波に息を詰めて硬直し、ただ激しく股間を擦り付けてくるだけになった。

伸司も心ゆくまで快感を味わい、最後の一滴まで出し尽くしていった。

すっかり満足しながら徐々に突き上げを弱めていくと、

「ああ……」

美緒も満足げに声を洩らし、肌の強《こわ》ばりを解いてグッタリと彼に体重を預けてきた。

彼も重みと温《ぬく》もりを受け止めながら、まだ息づく膣内に刺激され、射精直後で過敏になったペニスをヒクヒクと上下させた。

そして美女の悩ましい口の匂いを胸いっぱいに嗅ぎながら、うっとりと快感の余韻を味わったのだった。

「良かったわ、すごく……、私が君の初めての女になったのね……」

美緒が、荒い息遣いを繰り返しながら言い、また伸司は済まなく思った。

あるいは今後、何かの折りに話が出たら、伸司の童貞を奪ったのが百合子だと知られてしまう日が来るかも知れない。

それならそれで構わず、今はとにかく、こんな未熟な自分を相手にしても美緒が満足してくれたのが嬉しかった。

やがて荒い息遣いが治まらないまま、美緒がそろそろと股間を引き離してゴロリと横になっていった。

「初めてにしては上手すぎるわ。色んなところ舐めてくれたし」

美緒が言い、彼の髪を撫でながら呼吸を整えて身を起こした。

「さあ、シャワー浴びましょう。おなかも空《す》いてきたわ」

ベッドを降りたので、伸司も起き上がり、脱いだものを持って全裸のまま部屋を出た。

美緒も、着るものを持って階段を下りたが、他人の屋敷内を全裸で移動するのも妙な気分であった。

脱衣所に服を置き、一緒にバスルームに入ってシャワーの湯を浴びた。

「あ、すっぴんだったわ。それに歯磨きもしていなくて恥ずかしい……」

美緒が今さらながら言い、ボディソープで全身を洗い流した。

もちろん伸司は、すぐにもムクムクと回復してしまった。

「ね、オシッコするところ見てみたい」

「まあ、シャワーと一緒にこっそりしちゃおうかと思っていたのに」

伸司が恥ずかしいのを我慢して言うと、美緒があっさり答えた。どうやら尿意も高まっていたようだ。

「見たいの？　それも今まで思ってきた憧れの妄想の一つ？」

「ええ、見たいし浴びてみたいです……」

「そう、ここならすぐ流せるからいいわ」

美緒が快諾してくれ、伸司は床に座ったまま目の前に彼女を立たせた。

「どうすればいい？」

「じゃ足をここに」

彼は言い、美緒の片方の足を浮かせてバスタブのふちに乗せさせ、開いた股間に顔を迫らせた。

濡れた恥毛の隅々からは、もう悩ましい匂いは消えてしまったが、舐めると新たな愛液が溢れて舌の動きをヌラヌラと滑らかにさせた。

「アア……、感じるわ。でも出そうだから離れて。顔にかかるわ……」

「このままでいい……」

なおも割れ目内部を舐めていると、中の柔肉が迫《せ》り出すように盛り上がり、味わいと温もりが急に変化してきた。

「あう……、出る……」

美緒が息を詰めて言うなり、チョロチョロと熱い流れがほとばしってきた。

流れを口に受けると、濃い味と匂いが感じられた。呑み込んでみるのはほんの僅かにして、あとは口から溢れさせた。

すると胸から腹を温かく伝い流れ、すっかり元の硬さと大きさを取り戻したペニスが心地《ここち》よく浸された。

「ああ……、変な気持ち……」

美緒も朦朧となったように、ゆるゆると放尿を続けて言い、身体を支えるため彼の頭に両手を乗せていた。

一瞬勢いが増したが、ピークを過ぎると急激に流れが衰え、やがて治まってしまった。

伸司は残り香の中、なおも余りの雫《しずく》をすすって舌を這わせると、やはり新たな愛液が溢れ、残尿を洗い流すように淡い酸味のヌメリが満ちていったのだった。

「も、もうダメよ、変になりそう……」

感じた美緒が言って足を下ろし、股間を引き離してきた。

そして二人でもう一度シャワーを浴び、身体を拭いて脱衣所に出た。

伸司は服を着てキッチンに戻り、美緒はそのまま歯を磨き、化粧を整えるようだった。

伸司は昨夜の余りのシチューを温め、パンを焼いてコーヒーを淹《い》れ、もう十一時半近くになっているので二人で早めの昼食にした。

「まあ、百合子さんからメールが入っているわ。二日酔いは大丈夫？　二人きりだからといって、坊やを食べたりしないようにね、って書いてあるわ。もう食べちゃったけれどね」

美緒が食事しながら、携帯を見て笑って言い、当たり障りない返事を打ったようだった。

すでに百合子に食べられてしまっていることは、まだ誰も知らないだろう。

「どこも道路が渋滞しているようだから、遠出は諦めて三時頃には戻ると書いてあるわ」

「そう、ですね」

「まだ時間はあるわね。もう一回出来る？」

「ええ、お願いします」

仲司は答え、昼食を終えると片付けと洗い物をし、また二人で二階の部屋へと戻っていったのだった。

4

「すごい勃ってるわ。やっぱり若いのね……」

全裸になってベッドに横たわると、美緒が仲司のペニスを見て言った。

自分だってまだ二十五歳なのだが、一回り年上の夫を相手にしているから、やはりペニスの硬度と勢いは違うのだろう。

仲司も、徐々に女体に慣れてきたので緊張も薄れ、激しく勃起したペニスを見られるのが、羞恥よりも喜びになりつつあった。何しろ、主婦たちは若いペニスが大好きなようなのだ。

そしてすぐにも、美緒が屈《かが》み込んでパクッと亀頭を咥《くわ》え、ネットリと舌をからませてきたのである。

「ああ……、こっちにも……」

仲司は快感に喘ぎながら言い、彼女の下半身を求めた。すると美緒も肉棒を含んだまま、股間を彼の顔に迫らせてくれたのだった。

互いの内腿を枕にしたシックスナインの体勢になると、彼も美緒の割れ目に顔を埋め込んでクリトリスを舐めた。

残念ながら、もうナマの匂いは消えて湯上がりの香りしかしていないが、新たな愛液は泉のようにヌラヌラと湧き出してきた。

「ンンッ……」

クリトリスを吸われて感じると、美緒は熱く呻《うめ》き、鼻息で陰嚢をくすぐりながら反射的にチュッと亀頭に吸い付いてくれた。

最も感じる部分を互いに舐め合い、充分に唾液のヌメリと高まりが得られると、彼女がチュパッと口を離した。

「ああ、気持ちいいけど、感じると集中できないわね……」

言いながら移動してきた。

確かにシックスナインは、舐めながら暴発を堪えるので彼女の言う通り、気もそぞろになってしまうのだった。

「さっきは女上位だったから、色んなやり方を勉強するといいわ。まず後ろから入れてみて」

彼が身を起こすと、美緒は言って四つん這いになり、尻を持ち上げて突き出してきた。これも実に興奮をそそる眺めである。

仲司は膝を突いて股間を進め、バックから先端を膣口に押し付けた。

「いいわ、来て……」

美緒が尻をクネクネさせて言い、すでに溢れた愛液がムッチリした内腿にまで伝い流れはじめていた。

感触を味わいながら、ゆっくり挿入していくと、急角度にそそり立ったペニスは、内壁を擦りながらヌルヌルッと滑らかに根元まで吸い込まれていった。

「アアッ……！　いい……」

美緒が白い背中を反らせて喘ぎ、キュッと締め付けてきた。

深々と貫くと、膣内の摩擦と温もりが心地よくペニスを包み込んできたが、それ以上に、下腹部に当たって弾む尻の感触が実に良かった。

なるほど、これがバックの醍醐味《だいごみ》なのだろう。

仲司は徐々に腰を前後させはじめ、摩擦快感と尻の弾力を味わった。

「ああ……、奥まで感じるわ……」

彼女は顔を伏せて喘ぎ、味わうように膣内を収縮させた。

仲司はあらためて、膣内が前後に締まることを再確認した。つい陰唇を左右に開くから、膣内も左右に締まるかと思っていたのだが、内部は前後に締まるのである。

やがて仲司は彼女の背に覆いかぶさり、ショートの髪に鼻を埋《うず》めて甘い匂いを嗅ぎ、両脇から回した手で張りのある乳房を揉《も》みしだいた。

しかし心地よいのだが、やはり顔が見えないのが物足りない。

どうしても長年キスに憧れていたので、果てるときは女性の唾液と吐息が欲しいのだった。

仲司は動きを止めて身を起こし、いったんヌルッと引き抜いた。

「アア……、バックを覚えたのなら、今度は松葉くずしよ……」

美緒も、バックで果てる気はなかったようで、言いながら横向きになって脚を伸ばした。そして上の脚を、ヨガでもするように真上に持ち上げたのである。

「どうすれば……」

「下の内腿を跨いで、横から入れるのよ」

言われて、伸司も彼女の内腿に跨がり、そのまま膣口に挿入し、上の脚に両手でしがみついた。

「ああ……、ピッタリ合わさったわ……」

美緒が喘ぎ、クネクネと腰を動かしはじめた。

確かに、互いの股間が交差しているから密着感が高まり、膣内の感触以上に滑らかな内腿の感触が得られた。

何度か突き動かすと、やがて彼女が脚を下ろして仰向けになった。

すっかり高まり、フィニッシュは正常位で迎えようというらしい。

伸司も正常位で交わり、股間を密着させて身を重ねていった。

これで美緒と、女上位にバックに松葉くずしに正常位と、基本的な全ての体位を経験したのだ。

胸で乳房を押しつぶすと心地よい弾力が感じられ、彼女も下から両手を回してシッカリと抱き留めてくれた。

温もりと感触を味わい、伸司がズンズンと腰を突き動かしはじめると、

「アア……、いきそうよ、もっと強く……」

美緒が喘ぎ、下からも股間を突き上げてきた。

大量の愛液が溢れて動きを滑らかにさせ、仲司もいよいよ高まってきた。

喘ぐ口に鼻を押し込んで嗅ぐと、もう寝起きの濃い口臭とアルコールの発酵臭も消え、彼女本来の匂いらしい花粉臭が感じられた。

「匂いが薄れちゃった……」

「濃い方が好きなの？　さっきは匂ったでしょう……」

「うん、刺激が強い方が興奮する」

「そう、嫌でなかったのなら良かったわ……」

美緒は言い、突き上げを強めてきた。

「いきそう……」

「いいわ、いっぱい出しなさい……」

「あの、考えてみたら中出しは大丈夫なの……？」

「平気よ。婦人科の先生の奥さんがいるから、ピルをもらっているの。仲間もみんな飲んでいるはずだわ」

彼女が答えた。だから百合子も、そのままナマで大丈夫だったようだ。

それは避妊のためというよりも、生理を安定させて管理するためのものなのだろう。

それならと遠慮なく動きを速め、彼は上からピッタリと唇を重ね、舌を挿し入れて蠢《うごめ》かせた。

「ンン……」

美緒も熱く呻きながら舌をからめ、伸司は生温かな唾液と舌触りを味わいながら急激に絶頂を迫らせていった。

やはりバックや松葉くずしも良いが、こうして美女の唾液と吐息を好きなだけ吸収するのが、彼にとって最高のひとときなのであった。

「い、いく……、アアッ……！」

伸司は心地よい摩擦とヌメリの中で昇り詰め、快感に喘いだ。同時にありったけの熱いザーメンを勢いよくドクンドクンと柔肉の奥にほとばしらせ、奥深い部分を直撃した。

「ヒッ……、いいわ……、ああーッ……！」

噴出を感じるとともに美緒も声を上ずらせ、ガクガクと狂おしいオルガスムスの痙攣を開始したのだった。

膣内の収縮と締め付けも最高潮になり、伸司は心ゆくまで快感を味わい、最後の一滴まで出し尽くしていった。

「ああ……、良かったわ、すごく……」

彼が満足して動きを弱めていくと、美緒も満足げに声を洩らしながら、肌の硬直を解いてグッタリと身を投げ出していった。

伸司も完全に動きを止めてのしかかり、柔肌に体重を預けながら、まだ収縮する膣内でヒクヒクと過敏に幹を震わせた。

そして喘ぐ口に鼻を押し付け、熱く甘い息を嗅いで鼻腔を湿らせながら、彼はうっとりと快感の余韻を嚙《か》み締めたのだった。

5

「あれ？　何人か帰ったのですか」

三時過ぎに一行がドライブから帰宅してきたが、多少人数が少なくなっていたので、伸司は訊《き》いてみた。

「ええ、いったん家の用をしに戻ったけど、また数日後に来るわ」

亜矢子が、買ってきた総菜を出しながら言う。

皆、子持ちの主婦が多いので、そう連日は泊まれないのだろう。

それでも亜矢子がずっと滞在している間は、好きなときに来られるよう仲間内で決められているようだった。

そして早めに食事を始めてまた連中は飲み、切り上げると美緒もいったん帰宅したのだった。

残ったのは当然ながら亜矢子と、百合子はもう一泊して明朝帰るようだった。

「明日、亜以が来るって言っていたわ。だから仲司くんも明日はお休みをあげるから、一緒に海にでも行ってらっしゃい」

「はい、有難うございます」

亜矢子に言われ、伸司も亜以に会える嬉しさに胸を弾ませて答えた。

しかし、もう自分は体験者なのだ。童貞でなくなってから、亜以に会うのは初めてである。

やがて片付けを終えると、亜矢子が入浴した。

二人きりになると、百合子が熱っぽい眼差しで囁《ささや》いてきた。

「今夜、お部屋に行ってもいいかしら」

「ええ、一つお願いがあります」

「なに？」

「寝しなまでお風呂は我慢して下さい……」

仲司は、思いきって言ってみた。

「まあ、どうして」

「女性の、自然のままのナマの匂いを知りたいんです」

「だって、今日ずいぶんドライブの合間にお散歩して歩き回ったのよ。すごく汗かいているわ」

「どうか、お願いします」

「そう……、男の子って、そういう匂いを知りたいのね……、じゃ、恥ずかしいけれど我慢するわね」

百合子も納得してくれ、仲司は期待に胸と股間を脹らませた。

そして亜矢子が風呂から上がると、百合子は眠くなったので部屋で休むと上手《うま》く言い訳をし、二階に上がっていった。

仲司は入浴して歯を磨き、洗濯機にあった亜矢子の下着を嗅いで悩ましい体臭を貪り、すっかり下地を万全にして風呂から上がったのだった。

昼間は美緒を相手に二回射精しているが、もちろん夜まではすっかり淫気も回復していた。

「じゃ、おやすみなさい。また明日」

仲司は、やはり早めに休むらしい亜矢子に挨拶して二階へ行った。

すると待ちかねたように、そっと百合子が入って来たのである。

「亜矢子さんは寝た？」

「ええ、部屋に入りましたから」

「そう、昼間は美緒さんに何かされた？」

「いいえ、あの人はずっと部屋で休んでいましたから」

「そう、良かったわ。じゃ脱いで」

百合子は言い、自分も手早く全て脱ぎ去ってしまった。仲司も全裸になって一緒にベッドに横になると、すぐにも百合子が腕枕してくれ、彼の顔を巨乳に押し付けて抱きすくめた。

「ああ、可愛い……、ずっと仲司くんのことばっかり考えていたわ……」

彼女が囁き、湯上がりの初回には感じられなかった、濃厚に甘ったるい汗の匂いが仲司を包み込んだ。

彼も鼻先にある乳首にチュッと吸い付き、顔中を柔らかな膨らみに押し付けて感触を味わった。

何しろ百合子は、伸司にとって筆おろししてくれた最初の大切な女性であり、一生忘れることはない存在なのである。

「ああ……、いい気持ちよ、好きにして……」

彼女が喘ぎながら言い、仰向けの受け身体勢になって熟れ肌を投げ出した。

伸司ものしかかり、左右の乳首を順々に含んで舌で転がし、さらに腕を差し上げてジットリと生ぬるく湿った腋の下に鼻を埋め込んで嗅いだ。

そこはミルクのように甘ったるい汗の匂いが濃厚に籠もり、悩ましく鼻腔を搔き回してきた。

「アア……、汗臭いでしょう。嫌なら急いで流してくるわよ……」

「ううん、すごくいい匂い」

「本当？　それならいいけれど……」

百合子は言い、伸司は鼻を擦りつけて嗅ぎ、美熟女の濃厚な体臭を胸いっぱいに貪った。

そして白く滑らかな肌を舐め下り、臍《へそ》を探って腰からムッチリした太腿に下りていった。

「ああ、また足まで舐めるの……！」

百合子は羞恥に身を震わせて言ったが、もちろんされるままじっとしていてくれた。伸司も脚を舐め下り、足裏に顔を押し付けて舌を這わせ、形良く揃《そろ》った指の間に鼻を割り込ませて嗅いだ。

やはりそこは汗と脂にジットリ湿り、ムレムレの匂いが濃く沁み付いていた。

昼間の美緒よりも、昨夜の入浴してからの時間が経《た》っているので、彼にとっては今までで最も濃い匂いを感じることが出来たのだ。

百合子は、今日はサンダルで移動していたらしく、爪には赤いペディキュアが塗られていた。

案外ソックスにブーツなどより、素足で動き回っても充分すぎるほど蒸れた匂いがするのだということを発見した。

伸司は充分に鼻腔を刺激され、爪先にしゃぶり付いて順々に指の股に舌を割り込ませて味わった。

「あう、汚いのに……」

百合子がビクッと脚を震わせて呻いた。

伸司は味わい尽くし、もう片方の足も新鮮で濃い味と匂いを心ゆくまで貪り尽くしたのだった。

そして股を開かせ、脚の内側を舐め上げて股間に迫っていった。

美緒よりも量感のある内腿を舐め、熱気の籠もる股間に迫ると、すでに割れ目からはみ出した陰唇はネットリとした熱い愛液にヌラヌラと潤っていた。

伸司も堪《たま》らず、吸い寄せられるように彼女の股間に顔を埋め込み、柔らかな茂みに鼻を擦りつけて胸いっぱいに嗅いだ。

隅々には、生ぬるく甘ったるい汗の匂いと残尿臭が混じって籠もり、悩ましく鼻腔を刺激してきた。

やはり初回のときより、段違いに濃い匂いに彼は興奮を高めた。

「アア……、そんなに嗅がないで……」

犬のようにクンクン鼻を鳴らして執拗《しつよう》に嗅いでいるので、百合子がヒクヒクと白い下腹を波打たせて喘いだ。それでも、彼が全く嫌がらず、むしろ喜んでいるので安心したようだ。

伸司は嗅ぎながら舌を這わせ、淡い酸味のヌメリを掬《すく》い取り、膣口からクリトリスまでゆっくり舐め上げていった。

「あぁッ……、い、いい気持ち……」

百合子が顔を仰け反らせて喘ぎ、内腿でムッチリと彼の顔を挟み付けてきた。

仲司は味と匂いを貪り、さらに彼女の両脚を浮かせ、豊満な尻の谷間に鼻を埋め込んだ。

顔中で双丘の弾力を味わいながら、蕾に籠もった微香を嗅ぎ、舌を這わせてヌルッと潜り込ませ、滑らかな粘膜を探った。

「そ、そこはいいから……」

百合子が言い、キュッと肛門で舌先を締め付けてきた。

仲司は舌を蠢かせてから脚を下ろし、舌を濡れた割れ目に戻してヌメリをすすり、クリトリスに吸い付いた。

「いきそうよ……、交代……」

すると百合子が言って身を起こし、入れ替わりに彼を仰向けにさせた。

身を投げ出すと、彼女がすぐにもペニスに屈み込み裏側から先端まで舐め上げてきた。

「ずるいわ、自分ばっかり湯上がりで……」

百合子は詰《なじ》るように囁くと、幹を指で支えると粘液の滲む尿道口をチロチロと舐め回し、張り詰めた亀頭をしゃぶりながら、スッポリと根元まで呑み込んで吸い付いた。

「ああ……」

伸司は快感に喘ぎ、美熟女の口の中で生温かな唾液にまみれたペニスをヒクヒク震わせた。

「ンン……」

百合子も深々と含んで熱く鼻を鳴らし、息を股間に籠もらせて舌をからめた。

上気した頬をすぼめて吸われるたび、伸司は漏らしそうになるのを堪えながら身を反らせた。

「い、いきそう……」

高まって言うと、彼女もスポンと口を引き離してくれた。

「いいわ、入れて」

「う、上から跨いで……」

言うと、百合子も身を起こして前進してきた。そして先端に濡れた割れ目を押し付け、位置を定めるとゆっくり腰を沈め、膣口に受け入れていった。

屹立したペニスが、ヌルヌルッと滑らかに根元まで呑み込まれると、

「アアッ……！」

百合子が顔を仰け反らせて喘ぎ、ピッタリと股間を密着させて座り込んだ。

仲司も、肉襞の摩擦と潤いに包まれ、股間に美熟女の重みと温もりを受け止めながら快感を嚙み締めた。

すると彼女はグリグリと股間を擦り付け、すぐにも身を重ねてきた。

仲司も両手を回して抱き留め、両膝を立てて豊満な尻を支え、下から唇を求めていった。

百合子もネットリと舌をからめてくれ、徐々に腰を動かしはじめると、

「ああ……、いい気持ち、すぐいきそうよ……」

口を離して熱く喘いだ。彼女の吐息は熱く湿り気があり、白粉《おしろい》のように甘い刺激と、夕食後の様々な成分が濃厚に入り混じって、彼の鼻腔を悩ましく刺激してきた。

彼も動きに合わせ、ズンズンと股間を突き上げはじめた。

大量に溢れる愛液が律動を滑らかにさせ、ピチャクチャと淫らに湿った摩擦音が聞こえてきた。

「い、いっちゃう……、アアッ……！」

すると百合子があっという間に果ててしまい、口走りながらガクガクと狂おしい痙攣を開始してしまった。

「く……！」

続いて伸司も絶頂に達し、快感に呻きながら熱いザーメンをドクンドクンと勢いよく注入した。

「あう、熱いわ、もっと出して……！」

噴出を受け止め、駄目押しの快感を覚えたように百合子が声を上ずらせ、いつまでもクネクネと悶《もだ》え続けたのだった……。

第三章　美少女のいけない欲望

1

「じゃ行ってきます」

「ええ、夕方までゆっくりしてきなさいね」

仲司と亜以が言うと、亜矢子が答えて見送ってくれた。

やがて二人はモノレールの駅まで歩いて乗り、終点の江ノ島で降りた。

今朝は、朝食のあとに百合子がいったん帰ってゆき、しばらくしてから亜以が東京からやって来たので、昼食を終えると仲司は休みをもらい、二人で出て来たのである。

亜矢子は、久々に一人でノンビリ過ごすようだ。

仲司も、久しぶりに亜以に会えて嬉《うれ》しかった。いつも制服姿だから、こうしたラフな私服で会うのも初めてである。

彼女は東京のマンションに残り、友人たちと過ごしていたらしい。

「バイト、大変？」

「ううん、すごく楽だし、良くしてもらっているので有難いよ」

「そう、良かった」

亜以が答え、二人は海へと向かって歩いたが、さすがに夏の湘南は大変な人出であった。

長い黒髪に笑窪《えくぼ》に八重歯、いつもの無邪気で愛くるしい美少女は、当然ながら彼の変化になど気づいていないだろう。

（実は、もう二人の人妻とエッチしちゃったんだ。しかも、君のママの下着も嗅いじゃったし……）

仲司は心の中で言ったが、一学期の終業式以来会っていない亜以と再会すると嬉しさと感激で、何やらシャイな童貞に戻ったような気分で、心地《ここち》よい緊張に包まれてしまった。

「すごい人ね。進まないし、日焼けするの嫌だからどこかへ入らない？」

「うん、僕もあんまり海とか興味ないから、入って涼もうか」

二人で話し合って店を探したが、海岸まではどの店も大混雑だった。

仕方なく海から反対方向へ引き返し、道路に沿って歩くと、彼はラブホテルを見つけた。

昼間だから、そこなら入れるだろうし二人きりになれる。

「あそこ、入ってみない？」

「え……」

指して言うと、亜以も気づいたように少し迷ったが、他には入れそうな店もないので小さく頷《うなず》いてくれた。

「いいけど……」

「うん、じゃ入っちゃおう」

彼は言い、多少周囲を気にしながら、亜以と一緒に足早に入ってしまった。

伸司の知り合いは湘南にはいないが、これだけの人だから万一来ていないとも限らないし、それに昨日まで一緒だった主婦たちもいるかも知れない。

それでも難なく入り、少し迷いながらパネルで部屋を選んだ。

まだバイト料はもらっていないが、少しぐらいなら財布に入っているので支払うとキイをもらった。

とにかくエレベーターで三階まで上がって部屋に入り、ドアを内側からカチリとロックすると密室になった。これで三時間は、何があろうとなかろうとここにいられるだろう。

「涼しいわ……」

亜以が言い、カーテンを開けて混雑する海を見下ろした。

伸司も、初めて入ったラブホテルの部屋を見回し、冷蔵庫を開けるとサービスドリンクがあったので、二つ出してテーブルに置いた。

小さなソファがあり、テレビが据えられ、あとは真ん中にダブルベッドが据えられている。

枕元にはティッシュの箱とコンドームも備えられ、まさにセックスするためだけの部屋なのだった。

「広い……」

亜以もバスルームまで探検に行って言い、戻ってソファに座った。

伸司も隣に腰を下ろし、サービスの烏龍茶《ウーロンちゃ》を飲んだ。

「すごく大きなお屋敷だね。来年卒業したらあそこに住むんだ」

「ええ、知り合いの人たちも多いし、女子大に行ってからも沢山お友達を呼べるから」

「そうだね」

伸司は話しながら、緊張してしまい、何か話題を探そうと必死になった。

やはり無遠慮に何でも訊《き》いてくる年上の女性たちと違い、同級生ですでに誕生日を迎えて十八歳になっているとはいえ、無垢《むく》な少女と話すのは全く違う気分であった。

亜以は半袖のブラウスにミニスカート、白いソックスだ。肩を寄せ合うように座っていると、夏の陽射《ひざ》しを含んだ髪がふんわりと甘く匂い、それに甘ったるい汗の匂いも微《かす》かに感じられた。

「せっかくあるんだから、シャワー浴びてくるね。テレビとか音楽とか点《つ》けてノンビリしていて」

「うん……」

彼女も、やはり緊張しているように短く答えた。伸司は立ってバスルームへ行き、全裸になって歯を磨きながらシャワーを浴びた。

（出来るだろうか……）

ボディソープで股間を洗いながら、伸司は思った。もちろん期待にペニスはピンピンに勃起しているが、もし断られ、変に気まずくなったら屋敷に居たたまれなくなりそうである。

とにかく全身を綺麗《きれい》にし、放尿まで済ませてからバスルームを出ると、彼は身体《からだ》を拭き、さらに念のため、洗面所に備えられていたマウスウオッシュで口をすすいだ。

しかし元通り服を着て戻るのもどうかと思うし、腰にバスタオルだけでは拒否反応があるかも知れない。

そこで彼は、洗面所にあったガウンを羽織り、帯を締めた。何やら人間ドックなどで着せられるような薄いもので、彼は脱いだものを持って恐る恐る部屋に戻った。

すると亜以は、テレビも音楽も点けず、さっきのまま座っていた。

「私もシャワー浴びようかな……」

「え……？」

その言葉に、伸司は期待に胸を高鳴らせた。

「ダメ？」

「い、いや、それなら一緒に入れば良かったかなって思って……」

冗談めかして言うと、ますます亜以は深刻な表情になってしまった。

「あ、ごめんね、変なこと言って……」

「ね、山内くん、私のこと好き……？」

すると亜以が、つぶらな目で彼を見て言ったのだ。

「うん、好きだよ。この世で一番」

二人きりだと、彼もすんなり答えることが出来た。これも、体験した強みなのだろう。

「でも学校では、そんな素振り見せないから」

「それは、学校は人目もあるし、恥ずかしくて言えなかったんだ」

「そう……、私もママに男子のバイトを頼まれたとき、いちばん好きだから山内くんを選んだのよ……」

亜以が言うと慕情がつのり、そのまま彼は美少女の、水蜜桃のように産毛の輝く頬を両手で挟み、顔を寄せて唇を重ねてしまった。

すると亜以も、拒まずに長い睫毛《まつげ》を伏せたのである。

伸司は、何やらこれがファーストキスのような気がし、激しく胸が震えて大きな感激に包まれた。

美少女の唇は柔らかく、グミ感覚の弾力と唾液の湿り気が感じられた。

しかしあまりの興奮に匂いまでは分からないが、もともと亜以は匂いが淡い方なのだろう。

とにかく伸司は初めて、主婦ではない処女に触れることが出来たのだ。

もちろん亜以は、彼氏がいた様子もないので、これがファーストキスだろう。

だから最初から舌を入れるのは控え、ほんの数秒で彼は離れた。

伸司のファーストキスは、百合子と何もかもし尽くした最後の最後で経験したが、亜以の場合は真っ当な順序と言うべきだろう。

亜以が頬を上気させ、薄目でそっと彼を見た。

「いい？　こっち来て……」

伸司は言って彼女の手を握り、ソファを立たせてベッドに移動させた。

そして布団をめくって亜以を座らせ、緊張しながら震える指でブラウスのボタンを外しはじめた。

すると亜以も、心が通じ合っているように、途中から自分で脱ぎはじめた。

黙々とボタンを外して裾をスカートのウエストから引っ張り出して脱ぎ、さらにスカートのホックを外し、腰を浮かせて脱いでくれた。

どうやら亜以も、以前から初体験を心待ちにしていたのだろう。

そしてセックスへの興味や好奇心も人並み以上にしっかり持って、伸司との経験を夢見ていたようだった。

2

（どうやら、本当に最後までいって大丈夫なようだ……）

ブラまで外してくれた亜以を見ながら伸司も興奮して思い、自分も帯を解いてガウンを脱ぎ去り、全裸になった。

亜以は、胸を手で隠しながら、下着一枚でベッドに横たわった。

伸司は彼女を仰向《あおむ》けにさせ、手を握って左右に開いた。

張りのある乳房が露《あら》わになり、か細く震える亜以の息遣いとともに、微かに起伏していた。

膨らみは形良く、いずれ亜矢子のような巨乳になるのかも知れない。

彼は感激に包まれながら顔を寄せ、薄桃色の乳首にチュッと吸い付いて舌で転がした。

「アアッ……!」

亜以がビクッと反応し、熱く喘《あえ》いだ。

チロチロと舌を這《は》わせると、陥没しがちに柔らかだった乳首が、次第にコリコリと硬くなって、その変化の様子が良く伝わってきた。

慎司は顔中を押し付けて膨らみの感触を味わい、もう片方の乳首も含んで舐《な》め回した。

膨らみは、百合子のように柔らかくはなく、むしろ空気パンパンのゴムまりのような張りと弾力が秘められていた。

これが処女の感触なのだろう。

「ああ……、く、くすぐったいわ……」

亜以がクネクネと身悶《みもだ》えながら小さく言った。まだ感じると言うより、くすぐったい感覚と羞恥の方が大きいようだった。

左右の乳首を充分に味わうと、彼は亜以の腕を差し上げ、腋《わき》の下にも鼻を埋め込んで嗅いだ。

スベスベの腋は生ぬるくジットリと湿り、甘ったるい汗の匂いが可愛《かわい》らしく籠もっていた。

伸司は美少女のナマの体臭で鼻腔《びこう》を満たし、そのまま滑らかな脇腹を舌で這い下りていった。亜以はか細く息を震わせながらも、朦朧《もうろう》となったようにじっと身を投げ出していた。

腹の真ん中へと移動し、愛らしい縦長の臍《へそ》を舐め、ぴんと張り詰めた下腹から腰を舌でたどりながら、彼女の最後に残ったショーツをゆっくり引き脱がせにかかった。

腰の丸みを通過すると、あとは難なく下ろすことが出来、彼は股間を避けてムチムチと張りのある太腿《ふともも》から脚を舐め下りていった。

脛《すね》も実に滑らかで、足首まで下りながら途中で止まっていた下着を下ろし、両足首からスッポリ抜き取った。

「ああ……」

全裸になった亜以が喘ぎ、両手で顔を覆ったので、その隙に伸司は脱がせたての下着の中心部に鼻を埋《うず》めて嗅ぐと、生ぬるい汗と、それ以外の成分が悩ましく鼻腔を刺激してきた。

しかし、何しろ生身がいるのですぐに下着を置き、さらに足裏に顔を押し付けていった。

もう亜以も、何をされているか分からないほど激しく息を弾ませ、刺激されてはビクッと反応を繰り返していた。

踵《かかと》から土踏まずに舌を這わせ、縮こまった指の間に鼻を押し付けて嗅ぐと、やはりそこは汗と脂に生ぬるく湿り、蒸れた匂いが濃く沁《し》み付いていた。

伸司は、以前こっそり嗅いだ亜以の上履きの匂いを思い出していた。

彼は美少女の蒸れた足の匂いを貪ってから、爪先にしゃぶり付いて順々に指の間に舌を割り込ませていった。

「あん、ダメよ、そんなこと……」

亜以が驚いたように声を洩《も》らし、彼の口の中で舌を挟み付けてきた。

伸司は構わずにしゃぶり尽くし、もう片方の足も味と匂いを堪能《たんのう》した。

「うつ伏せになって」

言いながら脚を動かすと、亜以も素直にゴロリと寝返りを打って腹這いになってくれた。あるいは、股間を見られるのが恥ずかしかったから従ったのかも知れない。

伸司は美少女の踵から、アキレス腱《けん》に脹《ふく》ら脛《はぎ》、汗ばんだヒカガミから太腿を舐め上げ、白く丸い尻をたどって腰から背中に這い上がっていった。

背中にうっすら印《しる》されたブラのホックのあとは、ほのかな汗の味がした。

そして、背中から肩にかけて舐め回すと、そこもかなりくすぐったく感じるらしく、

「く……」

亜以が顔を伏せたまま小さく呻《うめ》いた。

しなやかな黒髪に鼻を埋めて嗅ぐと、淡いリンスの香りに混じり、まだ乳臭いような幼げな匂いが籠もって、さすがに主婦たちとの違いを感じながら彼は胸を満たした。

髪を掻《か》き分け、耳の裏側に鼻を埋めて嗅ぐと蒸れた汗の匂いが沁み付き、彼は舌を這わせてから、再び首筋から滑らかな背中を舐め下りてゆき、尻へと戻ってきた。

うつ伏せのまま股を開かせて真ん中に腹這い、大きな桃の実のような尻の谷間を指でグイッと広げると、谷間には薄桃色の蕾《つぼみ》がひっそり閉じられ、視線を感じたようにキュッと引き締まった。

実に清らかな蕾に鼻を埋め込むと、弾力ある双丘がキュッと顔中に密着し、蕾に籠もった汗の匂いと微香が悩ましく鼻腔を刺激してきた。

亜以の恥ずかしい匂いを、まるで分析するように嗅ぎまくり、やがて舌先でくすぐるようにチロチロ舐め回した。

「く……！」

亜以が呻き、さらに彼が襞《ひだ》を濡《ぬ》らしてヌルッと潜り込ませると、

「あう、ダメ……」

彼女がか細く言ったが、伸司は執拗《しつよう》に舌を蠢《うごめ》かせ、滑らかな粘膜を味わった。

憧れの美少女の足から尻まで舐め尽くし、伸司は感激と興奮に包まれながら、ようやく顔を上げた。

「じゃまた仰向けに……」

言いながら腰を動かすと、亜以もモジモジと再び仰向けになってくれた。

伸司は彼女の片方の脚をくぐり、開かれた股間に顔を寄せた。

白くムッチリした内腿をゆっくり舐め上げてゆき、処女の中心部に目を凝らすと、ぷっくりした丘には楚々《そそ》とした若草が、ほんのひとつまみほど恥ずかしげに煙っていた。

丸みを帯びた割れ目は、まるで二つのゴムまりを横に並べて押しつぶしたようだ。その間から、綺麗なピンクの花びらがはみ出し、ヌラヌラと清らかな蜜に潤っていた。

そっと指を当てて陰唇を左右に開くと、

「ああッ……」

触れられた亜以が小さく喘ぎ、ヒクヒクと白い下腹を波打たせた。

中は綺麗なピンクの柔肉で、まだ無垢な膣口《ちつこう》が花弁状に襞を入り組ませて息づき、ポツンとした小さな尿道口も見えた。

包皮の下からは、小粒のクリトリスがツヤツヤと光沢を放ち、精一杯ツンと突き立っていた。

何と綺麗な割れ目であろうか。やはり処女というのは特別なのだろう。

伸司は、興奮というより心が洗われる気持ちで見つめ、やがて顔を押し付けていった。

柔らかな恥毛に鼻を擦《こす》りつけて嗅ぐと、やはり大部分は腋の下と同じ甘ったるい汗の匂い。それにほのかなオシッコの香りと、処女特有の恥垢《ちこう》だろうか、チーズに似た成分も混じって鼻腔を悩ましく刺激してきた。

「いい匂い……」

嗅ぎながら思わず股間から言ったが、亜以は激しい羞恥で朦朧となり、返事をせずただ息を震わせるばかりだった。

舌を挿し入れていくと、これは主婦たちと同じ淡い酸味のヌメリが感じられ、彼は無垢な膣口の襞をクチュクチュと掻き回して味わい、柔肉をたどってクリトリスまで舐め上げていった。

「アアッ……！」

亜以がビクッと激しく仰《の》け反《ぞ》って熱く喘ぎ、内腿でキュッときつく彼の顔を挟み付けてきた。

伸司はチロチロと小刻みにクリトリスを舐めては、後から後から溢《あふ》れてくる清らかな蜜をすすった。そして指を膣口に当て、そろそろと挿し入れていくと、さすがに指一本ならヌメリに合わせ、滑らかに奥まで潜り込んでいった。

これからもっと太いペニスを入れるのだから、慣らすように小刻みに内壁を擦りながらクリトリスを舐め回し、彼は美少女の味と匂いを心ゆくまで吸収したのだった。

この味と匂いも、今の段階では処女のものである。

間もなく挿入してしまったら、途端に処女ではなくなり、もう戻れないのだ。

仲司は充分に内部を揉《も》みほぐしてから指を抜き、舌を引っ込めて股間から這いだして添い寝した。

もちろん挿入の前には、ほんの少しでもいいからしゃぶってもらい、先端を唾液に濡らしてもらいたいのだった。

3

「触ってみて……」

仲司は言って、荒い呼吸を繰り返している亜以の手を握り、ペニスに導いた。

すると彼女もそろそろと指を這わせ、やんわりと肉棒を包み込むと、柔らかくほんのり汗ばんだ手のひらでニギニギと弄んでくれた。

「ああ、気持ちいい……」

彼は快感に喘ぎながら、亜以の顔を股間へと押しやった。

すると亜以も素直に移動し、やがて大股開きになった彼の股間に腹這い、無垢な視線を這わせてきたのだった。

「変な形……、こうなってるのね……」

亜以は呟《つぶや》き、それでも抵抗感よりも好奇心を前面に出したように幹をいじり、陰嚢《いんのう》にも指を這わせて二つの睾丸《こうがん》を確認したりした。

誘うように幹をヒクヒクさせると、亜以は自分から裏側に舌を這わせはじめてくれた。

清らかな唾液に生温かく濡れた舌先が、滑らかに付け根から先端まで舐め上げて、粘液の滲《にじ》む尿道口も厭《いと》わずチロチロとしゃぶった。

「アア……」

伸司は、無垢な舌の蠢きに喘いだ。

すると亜以も、小さな口を丸く開いて亀頭を含み、吸い付きながら舌をからめてくれたのだ。

「深く入れて……」

言うと、亜以はスッポリと根元まで呑《の》み込み、肉棒全体は美少女の何とも心地よい口腔に包まれた。

彼女は熱い鼻息で恥毛をそよがせ、下向きなのでたっぷり唾液を溢れさせながらクチュクチュと舌を蠢かせてくれた。

「き、気持ちいい……、もういい、いきそう……」

急激に絶頂を迫らせた伸司が言って腰をよじると、亜以もチュパッと軽やかな音を立てて口を離した。

このまま無垢な口に射精してしまうのも魅力だが、彼女が嫌がるかも知れないし、それよりは処女が欲しかった。

伸司は身を起こして彼女を仰向けにさせ、枕元に備えられていたコンドームを手にして封を切り、勃起したペニスに装着していった。

やはりピルを飲んでいる主婦たちと違い、亜以に対しては気を遣わないといけない。

実は発展家の友人に一個だけコンドームをもらい、どんなものか試しに装着したことがあるので、それほど時間もかけずに着けることが出来た。

亜以の股を開かせて股間を進めると、彼女もすっかり初体験への覚悟を決めたように、目を閉じて身を投げ出してくれていた。

もう一度割れ目に屈《かが》み込んで舐めると、もう充分な潤いがあったので、処女の匂いを嗅いでから彼は顔を上げた。

そして先端を割れ目に押し付けて膣口にあてがい、ゆっくり挿入していった。

本当は、一気に貫いた方が破瓜《はか》の痛みも一瞬で済むと聞いたことがあるが、やはり彼も感触が味わいたかったのだ。

ヌルヌルッときつい締め付けの中を根元まで押し込むと、

「あう……！」

亜以が眉をひそめて呻き、キュッときつく締め付けてきた。

伸司は股間を密着させ、肉襞の摩擦と熱いほどの温《ぬく》もりを感じながら身を重ねていった。

「大丈夫？」

「うん……」

気遣って囁《ささや》くと、亜以も薄目で彼を見上げて健気《けなげ》に頷いた。

まだ勿体《もったい》ないので動かず、彼は温もりと感触の中、とうとう亜以の処女を奪った感激に包まれた。

上からピッタリと唇を重ねると、

「ンン……」

亜以が目を閉じて熱く呻き、下から両手でしがみついてきた。

さっきは数秒触れ合っただけだが、今度は舌を挿し入れていった。

滑らかな歯並びを舐めると八重歯に触れ、さらに唇の内側のヌメリからピンクの引き締まった歯茎まで舌を這わせると、亜以もオズオズと歯を開いて侵入を受け入れてくれた。

舌が触れ合うと、亜以はビクッと奥へ避難したが、すぐに再び触れ合わせ、チロチロと探るように動かしてきた。

生温かな唾液に濡れた舌が何とも美味《おい》しく、彼は滑らかにからみつけながら快感に任せ、様子を見ながらズンズンと腰を突き動かしはじめてしまった。

「アアッ……！」

すると亜以が口を離して仰け反り、熱く喘いだ。

開かれた可憐《かれん》な口に鼻を押し当てて嗅ぐと、鼻から洩れる息がほとんど無臭だったのに比べ、口中は実に可愛らしく甘酸っぱい匂いが、湿り気とともに満ちていた。

やはり主婦たちとは違う、これが少女の口の匂いなのだ。まるで、イチゴかリンゴでも食べた直後のようである。

伸司は何度も深呼吸し、美少女の可愛らしい果実臭で鼻腔を満たした。

そしていったん動くと、あまりの快感に腰が止まらなくなってしまった。

それでも亜以は熱い蜜を漏らし続け、次第に動きがヌラヌラと滑らかになっていった。

あまり長引いてもいけないだろう。どうせ初回から絶頂が得られるわけもないのだから、伸司は我慢せず、一気にフィニッシュを目指してリズミカルなピストン運動を続けた。

そして彼女の肩に腕を回し、肌の前面を密着させると、胸の下で乳房が押し潰れて弾み、恥毛が擦れ合ってコリコリする恥骨の膨らみも感じられた。

何度となく上から唇を重ねて舌をからめ、甘酸っぱい息を嗅ぎながら、伸司はたちまち肉襞の摩擦の中で昇り詰めてしまった。

「く……!」

突き上がる大きな絶頂の快感に呻き、彼は熱いザーメンを勢いよくほとばしらせた。

もっともコンドームの中だが、温もりも感触も充分に伝わり、伸司は心ゆくまで快感を嚙《か》み締め、最後の一滴まで出し尽くしていった。

「ああ……」

彼は満足しながら声を洩らし、徐々に動きを弱めていった。

亜以も痛みが麻痺《まひ》したように、いつしか肌の強《こわ》ばりを解いて、グッタリと身を投げ出していた。

伸司は息づく膣内でヒクヒクと過敏に幹を震わせ、美少女の息を間近に嗅ぎながら、うっとりと快感の余韻に浸り込んだ。

そして呼吸も整わないうち、そろそろと身を起こしてペニスを引き抜き、割れ目を覗《のぞ》き込んだ。

小振りの陰唇が痛々しくめくれ、愛液にまみれた膣口にうっすらと血が滲んでいた。しかし少量で、すでに止まっているようだ。

彼は鮮血の赤さを瞼《まぶた》に焼き付け、そっとティッシュで拭いてやり、自分もコンドームを外して包むとクズ籠に捨てた。

「大丈夫？　痛くなかった？」

「ええ、少しだけ……、でも、とうとう体験できて嬉しい……」

添い寝して言うと、亜以が小さく答え、後悔している様子はないので彼も安心したものだった。

「自分ですることはあるの？」

「たまに……」

訊くと、亜以は正直に答えた。

「じゃ、いじる気持ち良さは知ってるんだね。昇り詰めるの？」

「よく分からないわ。そのまま寝ちゃうこともあるし……」

彼女が言う。

もちろんクリトリスをいじるだけで、膣口に指などは入れていないだろう。それなりの快感は知っているようだが、男と違い、毎回絶頂に達するわけではないようだった。

「シャワー浴びたいわ……」

「うん、一緒に入ってもいい？」

亜以が言うので彼も起き上がり、彼女が拒まないので一緒にバスルームへと移動した。

少し歩きにくそうなのは、まだ異物感が残っているのかも知れない。

シャワーの湯で互いの全身を洗い流すと、亜以もほっとしたように椅子に座り込んだ。

そして亜以が落ち着く頃合いを見計らい、伸司は床に座ったまま彼女を目の前に立たせた。

「足をここに乗せて」

「どうするの……」

「オシッコしてみて。出るところがどうしても見たい」

伸司は言い、彼女の片方の足を浮かせてバスタブのふちに乗せさせ、開いた股間に顔を埋め込んでいった。

4

「そ、そんなの無理よ。出ないわ……」

「ほんの少しでもいいから」

亜以が文字通り尻込みして言ったが、伸司は腰を抱えて濡れた若草に鼻を擦りつけた。残念ながら、もう匂いの大部分は薄れてしまったが、舐めると新たな愛液が滲んできた。

「アア……、ダメ……」

クリトリスを舐められながら亜以が喘ぎ、ガクガクと膝を震わせた。

それでも、そろそろ尿意も高まってきた頃なのだろう。

吸われるうち無意識に下腹に力を入れ、舐めていると柔肉が迫《せ》り出すように蠢いて味わいと温もりが変化した。

そしてポタポタと温かな雫《しずく》が滴ったかと思うと、間もなくチョロチョロとした一条の流れがほとばしってきたのである。

「あう……、出ちゃう……」

亜以が呻いて言い、彼は口に受け止めて味わった。

すると、それは味も匂いも実に淡く控えめで、何の抵抗もなく喉を通過するのが嬉しかった。

続けざまに飲み込んだが勢いが増すと追いつかず、口から溢れた分が温かく胸から腹に伝い流れ、ムクムクと回復しているペニスを心地よく浸した。

やがてピークを越えると急に勢いが衰え、すぐに流れが治まってしまった。

伸司は割れ目に口を付けて余りの雫をすすり、残り香に酔いしれながら舌を挿し入れて掻き回した。

「あん……」

亜以が喘ぎ、今にも座り込みそうに腰をくねらせ、新たな愛液で舌の動きを滑らかにさせた。

ようやく舌を離すと彼女は足を下ろし、クタクタと座り込んできた。

それを抱き留めて、もう一度二人でシャワーの湯を浴び、支えながら立ち上がった。

身体を拭いて全裸のままベッドに戻ると、もちろん伸司はもう一回射精しなければ治まらないほど勃起していた。

「ね、もう一回したい……」

「今日はもうダメ。まだ何か入っているみたいだから、今度東京に戻ったらね」

「そうだね。じゃ指でして」

彼は言い、添い寝して腕枕してもらった。

亜以は左手で伸司の頭を抱え、右手をペニスに伸ばしてぎこちなく動かしてくれた。

「強くないかしら……」

「ううん、ちょうどいい。すごく気持ちいいよ……」

いじりながら亜以が言い、伸司も彼女の息を嗅ぎながら答えてジワジワと高まっていった。

そして唇を重ねると、彼女も自分から舌を挿し入れて蠢かせてくれた。

仲司も滑らかに蠢く舌触りと、生温かな唾液に酔いしれた。

「唾を出して、いっぱい飲みたい……」

言うと亜以が口を離し、懸命に唾液を分泌させてから愛らしい唇をすぼめ、白っぽく小泡の多い唾液をトロトロと吐き出してくれた。

その間は指の動きが疎《おろそ》かになったが、幹をヒクつかせると、またニギニギと愛《あい》撫《ぶ》してくれた。

彼は舌に受け、生温かなシロップでうっとりと喉を潤して酔いしれた。

「美味しい……」

「味なんかないでしょう……」

「口を開いて……」

言うと彼女は口を開き、仲司はその中に鼻を押し込んで甘酸っぱい芳香を胸いっぱいに吸い込んだ。

「なんていい匂い」

「あ……」

嗅ぎながら言うと、亜以が恥ずかしげに声を洩らし、さらに濃厚な果実臭を吐き出してくれた。

「ダメよ、もう。恥ずかしいから……」

「ね、顔中唾でヌルヌルにして……」

せがむと、亜以も彼の鼻筋や頬に舌を這わせてくれた。舐めるというより、垂らした唾液を舌で塗り付ける感じで、たちまち顔中がヌラヌラと清らかな唾液にまみれ、甘酸っぱい匂いが胸いっぱいに広がった。

「い、いきそう……、お口でしてくれる……？」

言うと彼女が頷き、腕枕を解いて顔を移動させてくれた。

「こっちを跨《また》いで……」

言いながら亜以の下半身を引き寄せると、彼女も羞《は》じらいながらそろそろと伸司の顔に跨がり、女上位のシックスナインの体勢で、パクッと亀頭をくわえてくれた。

熱い鼻息が陰嚢をくすぐり、伸司も彼女の腰を抱き寄せ、集中が削《そ》がれるといけないので割れ目を見るだけにした。それでも彼女は視線と息を感じ、陰唇の間から覗くピンクの柔肉を妖しく蠢かせ、ヌメリが増していった。

亜以はスッポリと根元まで呑み込み、幹を締め付けて吸い付き、口の中では滑らかに舌が蠢いてペニスを唾液にまみれさせた。

快感に任せ、ズンズンと小刻みに股間を突き上げると、

「ンン……」

亜以が喉の奥を突かれて呻き、さらに多くの唾液を溢れさせた。

そして突き上げに合わせ、彼女も顔を上下させ、濡れた口でスポスポと強烈な摩擦を開始してくれたのだ。

シックスナインだから、亀頭の上部が滑らかな舌の表面に擦られ、唇が幹とカリ首をクチュクチュとリズミカルに擦った。

とうとう、割れ目内部に脹らんだ雫が、ツツーッと糸を引いて彼の口に垂れてきた。

「い、いく……、お願い、飲んで……」

もう我慢できず、たちまち伸司は昇り詰めて口走り、ありったけの熱いザーメンをドクンドクンと勢いよくほとばしらせてしまった。

「ク……」

喉の奥を直撃され、亜以が驚いたように呻いたが、なおも吸引と摩擦、舌の蠢きは続行してくれた。伸司も堪《たま》らずに彼女の股間を引き寄せ、清らかな蜜の溢れる割れ目を舐め回した。

そして心ゆくまで快感を味わい、最後の一滴まで出し尽くしてしまった。

「ンン……」

亜以も刺激されて呻き、口に飛び込んだザーメンをコクンと一息に飲み干してくれた。キュッと締まる刺激に駄目押しの快感を得た伸司は、満足しながら身を投げ出していった。

亜以もようやくスポンと口を離し、なおも幹をしごいて、尿道口に脹らむ白濁の雫を丁寧に舐め取ってくれた。

「あう、もういいよ、どうも有難う……」

伸司は蜜を舐め取りながら、クネクネと腰をくねらせて、過敏に幹を震わせて言った。

ようやく綺麗にしてくれると亜以が舌を引っ込めて身を起こし、向き直って添い寝してきた。伸司は再び腕枕してもらい、美少女の息を嗅ぎながら余韻を味わった。

亜以の吐息にザーメンの生臭さは残っておらず、さっきと同じ甘酸っぱく悩ましい果実臭が含まれていた。

「すごく気持ち良かったよ……。不味《まず》くなかった……？」

伸司は言いながら、なおも愛液に濡れた指の腹で小刻みにクリトリスを愛撫してやった。

「うん、大丈夫……」

亜以は小さく答え、さらに多くの蜜を漏らして身悶えはじめた。

そして彼の指の動きに合わせてクチュクチュとリズミカルに音が響くと、

「き、気持ちいい……、アアーッ……！」

とうとう亜以もオルガスムスに達して声を上ずらせ、激しく身悶えながら、やがてグッタリとなっていったのだった……。

5

「明日は子供を海に連れて行く約束なの。混んで嫌だけれど」

主婦たちが、また夕方から集まって一杯やりながら談笑していた。

伸司と亜以は、日が傾く頃に帰宅し、ジュースを出して夕食に加わった。

もちろん亜以も普通に笑顔で話しているので、処女を失った素振りなど誰も気づかないことだろう。

案外、見た目は可憐だが、仲司などが思っている以上に亜以も強《したた》かな部分を持っているのかも知れない。

やがてパーティが終わると、主婦たちは帰る組と泊まる組に分かれ、仲司も片付けを手伝い、風呂に入ってから二階の部屋に引き上げた。

亜以は、亜矢子の部屋で一緒に寝るようだった。

そして仲司がベッドに入ろうとすると、ドアがノックされた。

「ちょっと、いいかしら」

開けると、二十八歳の主婦、野口奈津子《のぐちなつこ》が入ってきた。

婦人科の院長夫人で、彼女は女子体育大を出て元は保健体育の教師をし、学生時代はバレーボールの選手だったようだ。

ショートカットで長身、肩や腕も逞《たくま》しく、まず仲司などとは縁のないスポーツウーマンである。

褐色の肌でホットパンツからは、逞しく長い脚がニョッキリと伸びていた。

「毎日海に行ったものだから、日焼けで痛くてお風呂にも入れないの。背中にローション塗って下さる？」

「ええ、いいですよ」

本当は伸司も、今夜ぐらい亜以の余韻の中で眠りたいと思っていたのだが、生身の美女を前にするとすぐにも股間が熱くなってきてしまった。

するると奈津子はタンクトップを脱いでベッドの端に座り、伸司もベッドに乗って彼女の背に回った。

ところどころ、皮が剝《む》けかかって、日中の陽射しを残したように生ぬるい体臭が感じられた。

「塗る前に、剝けそうなところは剝いてくれる？」

「はい」

言われて伸司は滑らかな背中に触れ、摘《つま》みやすいところからペリペリと剝がしていった。するると下からは、まさに薄皮の剝けたようにスベスベの肌が現れた。

大きめの皮が剝けたので、伸司は思わず口に入れ、淡い塩味を嚙み締めて飲み込んでしまった。

「まあ、食べちゃったの？」

「え……」

「ガラスに映ってたわよ」

「す、済みません。女性の肌が珍しくて……」

見られたとも知らず慌てて言ったが、別に奈津子は怒っているふうもなく苦笑していた。

「そんなの食べるより、もっといいもの舐める？」

「お、お願いします……」

「いいわ、じゃ君も脱ぎなさい」

奈津子は言って立ち上がり、下着ごとホットパンツも脱ぎ去って全裸になってしまった。伸司も、興奮にムクムクと勃起しながら手早く全裸になると、彼女が仰向けになった。

「好きなようにして」

言われて、伸司は彼女の足に屈み込み、大きな足裏に顔を当て、太くしっかりした足指に鼻を割り込ませたが、さすがに海から戻って足ぐらい洗ってしまったか、それほど匂いは沁み付いていなかった。

「そんなところより、ここへ来て」

奈津子は自ら大股開きになって言った。

ドライそうな彼女だけは、伸司が無垢かどうかの確認などせず、自身の欲望が最優先のようだった。

「じゃ、こうして……」

仲司は彼女の両脚を浮かせ、尻の谷間に迫った。

「待って、肛門《こうもん》舐めるの？　それなら割れ目が先よ。肛門の雑菌が舌に付いてから割れ目を舐めるのは良くないの」

「そ、そうなのですか。勉強になりました……」

さすがに院長夫人だけあり、仲司は素直に答え、先に割れ目から舐めることにした。今まで、美女の雑菌など考えたこともなかったのだ。

水泳もするだけあり、恥毛は左右が手入れされ、ほんのひとつまみしか茂っていなかった。

割れ目は陰唇がはみ出し、指で広げると膣口が息づき、かなり大きめのクリトリスが亀頭の形をしてツンと突き立っていた。

顔を埋め込み、恥毛に鼻を擦りつけると濃厚に甘ったるい汗の匂いが籠もり、それにほのかに蒸れた残尿臭も混じって鼻腔を刺激してきた。

嗅ぎながら舌を這わせると、淡い酸味のヌメリが滑らかに迎え、彼は舌先で膣口の襞を掻き回し、クリトリスまで舐め上げていった。

「あう、いい気持ち……」

奈津子がビクッと顔を仰け反らせて喘ぎ、引き締まった逞しい内腿でキュッときつく彼の両頬を挟み付けてきた。

「そっと嚙んで……」

言われて、大丈夫かと思いながら彼は上の歯で包皮を剝き、完全に露出したクリトリスをそっと嚙んでやった。

「あう、いいわ、もう少し強く……」

奈津子が、トロトロと愛液を漏らしながら言い、クネクネと激しく悶えた。過酷なスポーツに明け暮れてきた彼女は、ソフトな愛撫よりも強い刺激の方が好きなようだった。

伸司も甘嚙みをしながら味と匂いを堪能《たんのう》し、そろそろ良いだろうかと思い彼女の両脚を浮かせ、尻の谷間に鼻を埋め込んでいった。

逞しく野性的な彼女なのに、ピンクの蕾は実に可憐で、キュッと秘めやかに閉じられていた。

汗の匂いとともに、生々しいビネガー臭も混じって鼻腔を刺激し、彼は貪るように美女の匂いを嗅いでから、舌を這わせて襞を濡らし、ヌルッと潜り込ませてうっすらと甘苦く滑らかな粘膜を探った。

「アア……、気持ちいいわ……」

奈津子もうっとりと喘ぎながら、モグモグと味わうように肛門で舌先を締め付けてきた。

ようやく舌を引き離すと、すぐにも奈津子が身を起こし、入れ替わりに彼を仰向けにさせ、勃起したペニスに顔を寄せた。

「立派だわ、大人しそうな顔しているのに」

奈津子は言いながら幹を握り、尿道口にヌラヌラと舌を這わせてから、スッポリと根元まで呑み込んでいった。

そして付け根を口で丸く締め付けて吸い、火のように熱い息を股間に籠もらせながら、口の中では長い舌をクチュクチュとからみつけるように蠢かせた。

「ああ……」

伸司も快感に喘ぎ、アマゾネスのように逞しい美女の口の中で、唾液にまみれた幹をヒクヒクと震わせて高まった。

奈津子は指先で陰嚢までくすぐりながら、顔を上下させスポスポと摩擦してから、彼が言う前にあっさりスポンと口を離してきた。

「いい？　入れるわ」

言って身を起こし、前進してペニスに跨がってきた。

そして先端に濡れた割れ目を押し付け、感触を味わうようにゆっくり腰を沈み込ませていった。

「アアッ……、感じる……」

ヌルヌルッと滑らかに根元まで受け入れると、彼女は顔を仰け反らせ、キュッと締め付けて喘いだ。

伸司も肉襞の摩擦と温もりに包まれ、股間に美女の重みを感じながら幹を震わせた。

乳房はそれほど豊かではないが張りがあって息づき、腹は腹筋が段々に浮かんでいた。やがて奈津子は身を重ね、自分から彼の口に乳首を押し付けてきた。

伸司も吸い付いて舌で転がし、噎《む》せ返るような汗の匂いで胸を満たした。

弾力ある膨らみが顔中に押し付けられ、また彼女は自分から引き離し、もう片方を含ませてきた。

そちらも含んで舐め回し、さらに伸司は自分から彼女の腋に鼻を埋め込み、甘ったるく濃厚に籠もった汗の匂いを貪った。

すると奈津子が、徐々にしゃくり上げるように股間を動かしはじめた。

「ああ……、いい気持ちよ……、下からも突いて……」

彼女が声を上ずらせて言い、伸司も両手でしがみつき、僅かに両膝を立ててズンズンと股間を突き上げた。

すぐにも互いの動きがリズミカルに一致して滑らかに抽送され、ピチャクチャと淫らに湿った摩擦音も聞こえてきた。

下から唇を求めると、奈津子もピッタリと重ね合わせ、長い舌をからみつけてきた。

次第に互いの股間がぶつかり合うように激しい動きになると、

「アア……、い、いく……！」

たちまち奈津子が口を離し、喘ぎながらガクガクと狂おしいオルガスムスの痙《けい》攣《れん》を開始してしまった。

口から洩れる息は熱く湿り気があり、甘い匂いに混じってほのかなガーリック臭が伸司を魅惑した。美女の刺激は、やはりギャップ萌《も》えとなり、彼も続いて昇り詰めた。

「く……！」

絶頂の快感に貫き、ドクンドクンと勢いよくザーメンを注入すると、

「あう、もっと出して……、気持ちいい……！」

噴出を感じた奈津子が呻き、さらにきつく締め付けてきた。

伸司は快感を嚙み締め、心置きなく最後の一滴まで出し尽くして突き上げを弱めていった。

奈津子も満足げに硬直を解いてもたれかかり、彼は重みを感じながら、熱く濃厚な息を嗅いで余韻を味わったのだった……。

第四章　母乳妻の熱く甘き滴《したた》り

1

「あら、みんないないのかしら……」

昼過ぎ、伸司が一人で留守番していると、一人の主婦が顔を出して言った。

彼女は三十歳になる中井君枝《なかいきみえ》で、唯一アルコールを嗜《たしな》まない女性だった。

セミロングの髪にぽっちゃりした体型で、透けるような色白。胸も尻も豊かで
年の割にアニメのように可愛《かわい》い声をした、少々天然っぽい美女である。

「ええ、子供たちが海へ行くので、みんな一緒に行っちゃいました」

「そうなの、私は日焼けが苦手だから行けないわ」

「夕方には帰ってきますので」

「そう、じゃ一緒にお話でもしていましょう」

君枝は言い、伸司も冷たいものを出した。

亜矢子や亜以をはじめ、皆出払ってしまったので、伸司は一人で退屈していたのだ。

洗い物も風呂掃除も終え、下着や枕カバーなども洗濯してしまったから、美女たちの残り香すら皆無だったのである。

「ね、二階のお部屋へ行きましょう。エアコンより風通しがいいから」

君枝は言って飲み物を持って立ち、伸司も妖しい期待に股間を熱くしながら従った。

以前はこんなことはなかったのだが、ここへ来てからは、つい女性と二人きりになると必ず始まるという思いが強くなっていたのである。

君枝は、自分が与えられた部屋に彼を招き入れた。

作りは同じだが、何やら甘ったるい匂いが籠もっていた。彼女は窓を開けて風を入れ、ベッドの端に座った。

「ちょっとごめんね……」

君枝は言い、ゆったりしたワンピースのボタンを外して胸元を広げ、さらにブラのフロントボックも外した。

（うわ……）

いきなりで、彼は白い巨乳を見て股間を疼《うず》かせた。

しかしブラの内側には、何やら肉マンのようなものが装着されている。あとで聞くと乳漏れパッドで、見ると濃く色づいた乳首の先端に、ポツンと白濁の雫《しずく》が浮かんでいた。

（ぼ、母乳……）

伸司は目を見張り、さっきから感じていた甘ったるい匂いはこれだったのかと納得した。

「赤ちゃんは母に預かってもらって、もう離乳食なのだけど、私はまだ出が良くて困ってるの……」

君枝が言い、ティッシュで雫を拭ったが、後から後から滲《にじ》んでくるようだ。

「す、吸い出した方が良ければ……」

「まあ、それだと助かるわ。張って辛《つら》かったものだから」

伸司がドキドキしながら言うと、君枝も喜んで答えた。

そしてためらいなく大胆にもスッポリとワンピースを頭から抜き取って、ショーツ一枚でベッドに横たわったので、彼も添い寝し腕枕してもらった。

顔を寄せながら、また彼はドキリとした。

何と、君枝の腋《わき》の下には淡い腋毛が煙っていたのである。

どうやら出産以降、夫とも何もなくケアを怠り、陽射《ひざ》しが苦手だからノースリーブを着ることもなく、そのままにしていたのだろう。

とにかく鼻先にある、濃く色づいた乳首にチュッと吸い付き、生ぬるい雫を舐《な》め取った。

「アア……」

君枝が熱く喘《あえ》ぎ、彼の顔を巨乳にギュッと抱きすくめてきた。

顔中が埋まり込み、彼は心地《ここち》よい窒息感の中で夢中になって吸い付いた。

なかなか出てこなかったが、いろいろ試すうち、唇で強く乳首を挟み付けて吸うと、次第に生ぬるく薄甘い母乳が分泌されてきた。

「ああ、出ている……？　ティッシュに吐き出していいのに、飲んでるの？」

「うん……」

君枝が言い、伸司は喉を潤しながら小さく答えた。

いったん要領が分かると、吸い出し続けることが出来、彼の口の中と胸いっぱいに甘ったるい匂いが広がった。

飲んでいると、もう片方の乳首からも雫が浮かんで垂れはじめていた。

あらかた吸い続けていると、心なしか巨乳の張りが和らいできたようだ。

「ああ、楽になったわ。今度はこっち……」

君枝が言ってのしかかるように体勢を変えると、彼ももう片方の乳首を含んで吸いはじめた。

こちらも、新鮮な母乳が後から後から分泌され、甘い匂いとともに悩ましく彼の喉を潤した。

そして舐めたり吸ったりしているうち、

「あ……、ああ……」

君枝の喘ぎと身悶《みもだ》えが止まらなくなっていた。張りが解消されると、すぐにも性的な興奮が湧き上がってきたのだろう。

「も、もういいわ……、有難う……、君も脱いで、いろいろして……」

君枝が朦朧《もうろう》となって言い、伸司もいったん巨乳から離れて手早く全裸になり、再び肌を寄せていった。

左右の乳首をもう一度舐め、余りの雫を味わってから、彼女の腋の下に鼻を埋め込んだ。

柔らかな腋毛に鼻を擦りつけると、また母乳とは微妙に異なる甘ったるい汗の匂いが鼻腔《びこう》を掻《か》き回してきた。

「あん……、汗臭いでしょう。今日も朝から動き回っているのよ……」

君枝がクネクネと悶えながらアニメ声で言った。どうやら昨夜入浴したきりらしく、彼も匂いの濃度で分かるようになっていた。

充分に嗅いでから、白く滑らかな餅肌を舐め降り、臍《へそ》から張りのある下腹、豊満な腰のラインからムッチリと量感ある太腿《ふともも》へ下りていった。

彼女も目を閉じ、されるままじっと身を投げ出してくれていた。

脚を舐め下りていくと、脛《すね》にもまばらな体毛があり、これも新鮮な興奮をもたらした。

頬ずりして舌を這《は》わせ、やがて足首まで行くと足裏に回り込み、踵《かかと》から土踏まずを舐め、指の股に鼻を擦《こす》り付けて嗅いだ。

やはりそこは汗と脂にジットリ湿り、ムレムレの匂いが濃厚に沁《し》み付いて、その刺激が胸からペニスに心地よく伝わっていった。

充分に嗅いでから爪先をしゃぶり、順々に指の間にヌルッと舌を割り込ませていくと、

「あう……、汚いわ、そんなことしなくていいのに……」

君枝が息を弾ませて言い、彼の口の中で舌を挟み付けてきた。

伸司はもう片方の足もしゃぶり、蒸れた匂いと味を堪能《たんのう》してから彼女の股を開かせ、脚の内側を舐め上げていった。

白くスベスベの内腿を舐めて股間に迫り、熱気と湿り気の籠もる割れ目に目を凝らした。

ふっくらした丘には程よい範囲で恥毛が茂り、濃く色づいてはみ出した陰唇を指で広げると、膣口は何と母乳に似た白濁の粘液がまつわりついていた。

愛液も、体質によって透明だったり白っぽくなったり色々なのだろう。

クリトリスも小指の先ほどの大きさでツヤツヤと光沢を放ち、もう堪《たま》らずに彼は顔を埋め込んでいった。

柔らかな茂みに鼻を擦りつけて嗅ぐと、甘ったるい汗の匂いが大部分で、うっすらと残尿臭が混じり、それに大量の愛液による生臭い成分も混じって、鼻腔を悩ましく刺激してきた。

匂いを貪りながら柔肉を舐め回すと、やはり淡い酸味のヌメリが舌の動きを滑らかにさせた。

膣口《ちつこう》の襞《ひだ》を掻き回し、柔肉をたどって味わいながらクリトリスまでゆっくり舐め上げていくと、

「アアッ……、いい気持ち……！」

君枝がビクッと顔を仰《の》け反《ぞ》らせて喘ぎ、量感ある内腿でムッチリと彼の両頬を挟み付けてきた。

伸司はチロチロとクリトリスを舐め、上の歯で包皮を剝《む》いてチュッと吸い付いた。愛撫《あいぶ》しながら目を上げると、白い下腹がヒクヒクと波打ち、巨乳の谷間で仰け反る顔が見え、彼女は自分で乳首をつまんで動かしていた。

やがて割れ目の味と匂いを貪り尽くすと、彼は奈津子に言われたように順序を守り、君枝の両脚を浮かせて尻の谷間に迫っていった。

白く豊満な尻は実に艶《なま》めかしく、しかもピンクの肛門《こうもん》が、出産で力んだ名残《なごり》なのか、レモンの先のように僅かに突き出て何とも興奮をそそる形状をしていたのである。

鼻を埋《うず》めると、顔中に弾力ある双丘が密着してきた。

蕾《つぼみ》にも汗の匂いが籠もり、それに悩ましいビネガー臭も混じって鼻腔を刺激してきた。

仲司はチロチロと舌を這わせて襞を濡《ぬ》らし、ヌルッと潜り込ませて滑らかな粘膜を味わった。そして他の女性より、多少締め付けがゆるいようなので、奥まで潜り込ませることが出来たのだった。

2

「あう、気持ちいいわ……」

君枝は、羞恥より快感を優先させるように呻《うめ》き、モグモグと肛門で仲司の舌先を締め付けた。

そしてようやく彼が舌を引き抜くと、

「お願い、入れて……」

彼女が言って股を開いてきた。仲司も身を起こして股間を進め、待ちきれないほど勃起しているペニスに指を添え、先端を割れ目に押し当て、正常位でヌルヌルッと挿入していった。

「アァッ……！」

根元まで深々と貫くと、君枝が身を弓なりに反らせて熱く喘いだ。

仲司も、滑らかな肉襞の摩擦と温《ぬく》もり、キュッと締まる感触と大量の潤いを感じながら股間を密着させて快感を味わった。

もう、これで何人目の主婦と一つになったことだろう。

身を重ねると彼女も両手を回して抱き留め、胸の下で巨乳が押し潰れて心地よく弾んだ。

喘ぐ口に鼻を押し付けて嗅ぐと、うっすらとした口紅の香りと乾いた唾液の匂いに混じり、熱く湿り気ある息は甘酸っぱい匂いがしていた。さすがに可愛い声をした彼女は、少女のような果実臭だった。

しかし亜以の新鮮な果実とは違う、もっと熟れて発酵に近い甘酸っぱさで、これもゾクゾクと彼の興奮を高めた。

胸いっぱいに嗅いでから唇を重ね、舌をからめて生温かな唾液を味わうと、彼女がズンズンと股間を突き上げてきた。

仲司も合わせて腰を遣うと、クチュクチュと湿った摩擦音が聞こえ、揺れてぶつかる陰嚢《いんのう》も生温かく濡れた。

ジワジワと高まっていくと、そこで何と急に君枝が動きを止めたのだ。

「ね、お尻の穴に入れてみて……」

「え？　大丈夫かな……」

言われて、伸司も好奇心を湧かせた。

「妊娠中に、細いバイブを入れてみたら、いっちゃったことがあるの……」

「でも、バイブより太いと思うから」

「平気よ、思いっきり犯してみて……」

君枝が熱っぽくせがむので、彼も身を起こし、ペニスを引き抜いた。

すると彼女も、自ら両脚を浮かせて抱え込み、白く豊満な尻を突き出してきたのだ。

割れ目から大量に滴る愛液が、肛門にまで伝い流れてヌメヌメと潤っていた。

伸司も緊張と興奮に胸を震わせながら、愛液にまみれた先端を蕾に押し当てていった。

「いい？」

「ええ、強く押し込んで……」

言うと彼女が答え、伸司もグイッと股間を押しつけた。

するとヌメリに助けられて亀頭が潜り込み、肛門が襞を伸ばして丸く押し広がった。

最も太いカリ首までが入ってしまうと、あとは比較的スムーズにズブズブと挿入することが出来た。入り口は狭いが、中は思ったより楽でベタつきはなく、むしろ滑らかな感触だった。

とうとう伸司は多くの体験を経て、ぽっちゃりした主婦の肉体に残る、最後の処女の部分まで味わうことが出来たのである。

「あうう……、いい気持ち……」

君枝が、モグモグと締め付けながら呻いた。

根元まで押し込むと、尻の丸い感触が下腹部にキュッと押し付けられ、心地よい弾力が伝わってきた。

「突いて、強く奥まで何度も、中に出しちゃって……」

彼女が収縮させながら言い、自ら乳首をつまんで動かし、空いている割れ目にも指を這わせはじめた。

伸司も様子を見ながら腰を前後させ、確かに膣口とは違う感触の中、次第に滑らかに動きはじめていった。

「アア……、気持ちいいわ、いきそう……」

君枝が、母乳を滲ませながら乳首を引っ張り、指の腹でクリトリスを擦るたびクチュクチュと愛液のヌメる音がした。

アナルセックスより、乳首とクリトリスへの刺激に感じているのかも知れないが、とにかく伸司も摩擦するうち絶頂を迫らせていった。

「い、いく……」

「私もよ……、いって……」

伸司が許可を求めるように口走ると、君枝も声を上ずらせて答えた。

同時に、彼は大きな絶頂に貫かれ、快感とともにドクンドクンと大量のザーメンを中にほとばしらせてしまった。

「あう、熱いわ、いく……！」

噴出を感じた君枝も、呻きながらガクガクと狂おしいオルガスムスの痙攣《けいれん》を開始した。

バイブでさえ昇り詰めることが出来たのだし、ましてバイブは射精しないからその熱い噴出は激しく気持ち良いようだった。

内部に満ちるザーメンで、さらに律動はヌラヌラと滑らかになった。

伸司は股間をぶつけるように突き動かし、尻の感触と摩擦快感を味わい、心置きなく最後の一滴まで出し尽くしていった。

満足しながら動きを止めて荒い呼吸を繰り返すと、

「ああ……、気持ち良かった……」

君枝もうっとりと言いながら、肌の強《こわ》ばりを解いて力を抜いた。

すると引き抜くまでもなく、内圧とヌメリで、ペニスが押し出されてツルッと抜け落ちた。

まるで美女に排泄《はいせつ》されるような興奮が湧き、一瞬開いて中の粘膜を見せた肛門も、徐々につぼまって元のレモンの先のような形状に戻っていった。

ペニスに汚れの付着はないが、

「さあ、洗った方がいいわ。休憩はあとにしてシャワーを……」

君枝が息を弾ませながら身を起こして言い、伸司は一緒にベッドを降りて部屋を出た。

二人で全裸のまま他人の家の階段を下り、バスルームに入って互いにシャワーの湯を浴びた。君枝は甲斐甲斐《かいがい》しくボディソープでペニスを洗い、湯で流してくれた。

「オシッコしなさい。中も洗った方がいいから」

言われて、伸司も回復しそうになるのを押さえながら懸命に息を詰め、ようやくチョロチョロと放尿した。

出し終えると彼女がまた洗い流し、最後に屈《かが》み込んで、消毒するようにチロリと尿道口を舐めてくれた。

「あう……」

「まあ、すごい勢いで勃《た》ってきたわ……」

伸司が呻いてムクムクと勃起すると、君枝が目を見張って言った。

「ね、君枝さんもオシッコしてみて、こうして」

彼は言って床に座り、例によって君枝を目の前に立たせて片方の足をバスタブのふちに乗せさせた。

開いた股間に顔を埋めると、やはり濃厚だった匂いは薄れてしまった。

それでも割れ目内部の柔肉を舐めると、すぐにも新たな愛液が溢《あふ》れて舌の動きが滑らかになった。

「あう……、いいのね、出るわ……」

いくらも待たないうち尿意を高め、君枝が息を詰めて言った。

間もなくチョロチョロと熱い流れがほとばしり、彼は口に受けて味わった。味も匂いも比較的淡く、飲み込むにも抵抗はなかった。しかし勢いが増すと口から溢れ、肌を心地よく伝い流れた。飲み込むことよりも、美女の出したものを浴びるときの状況と温もりが格別なのである。

やがて勢いが衰えて、流れが治まると伸司は残り香を味わい余りの雫をすすってクリトリスを舐めた。

「アア……、もうダメよ、おしまい……」

君枝が声を震わせて言い、足を下ろして座り込んできた。

「何でも飲むのが好きなのね……」

彼女は呆《あき》れたように言って、再び互いの全身をシャワーの湯で洗い流した。

そして身体《からだ》を拭くと、また全裸のまま二階へ戻っていった。

「さすがに元気いいのね。さっき出したばかりなのに……」

君枝が言って伸司をベッドに仰向《あおむ》けにさせ、その股間に顔を寄せてきた。

そして肉棒の裏側を舐め上げ、尿道口をチロチロと探り、丸く開いた口でスッポリと根元まで呑《の》み込んでいった。

「ンン……」

彼女は小さく呻いて吸い付き、熱い鼻息で恥毛をくすぐりながら、口の中ではクチュクチュと念入りに舌をからめてきた。

さらに小刻みに顔を上下させ、濡れた口でスポスポと強烈な摩擦を繰り返しはじめたのだった。

3

「ああ、気持ちいい……」

伸司は快感に喘ぎ、君枝の温かく濡れた口の中で唾液にまみれ、完全に元の大きさと硬さを取り戻していった。

「じゃ入れるわね。上からでいい？」

スポンと口を引き離すと、君枝が言って身を起こしてきた。前進してペニスに跨《また》がり、先端を膣口に受け入れて腰を沈めていった。

たちまち、屹立《きつりつ》したペニスは熱く濡れた柔肉の奥に、ヌルヌルッと滑らかに根元まで呑み込まれていった。

「アアッ……、いい気持ちよ、すごく……」

君枝が顔を仰け反らせて喘ぎ、完全に座り込むと、密着した股間をグリグリと擦り付けるように動かした。

念願だったらしいアナルセックスも体験したし、フィニッシュは正規の場所で迎えたいようだった。

伸司も心地よい肉襞の摩擦と締め付けに包まれながら、ヒクヒクと幹を震わせた。そして両手を伸ばして彼女を抱き寄せ、顔を上げて母乳の滲む乳首に吸い付いた。

「また飲みたいの？」

「うん、顔中に絞って……」

乳首から口を離して言うと、君枝も胸を突き出し、両の乳首を指で摘《つま》んで絞り出してくれた。

白濁した母乳がポタポタと滴り、さらに乳腺から霧状になった噴出が生ぬるく顔中に降りかかり、甘ったるい匂いが漂った。

雫を舌に受けて味わい、伸司は快感を高めながらズンズンと股間を突き上げはじめていった。

「あう……、感じるわ……」

君枝も合わせて腰を遣いながら口走り、巨乳を引き離して上からピッタリと唇を重ねてきた。彼もネットリと舌をからめ、生温かな唾液をすすってうっとりと喉を潤した。

「もっと唾を出して……」

「何でも飲みたがるのね」

「うん、綺麗《きれい》な人から出るものだけ」

言うと君枝も嬉《うれ》しげに唾液を分泌させ、トロトロと吐き出してくれた。

白っぽく小泡の多い粘液を味わい、生ぬるく喉を潤すと興奮が増し、彼は次第に突き上げを激しくさせていった。

溢れる愛液が動きを滑らかにさせ、クチュクチュと音を立てながら、彼の肛門の方にまで生温かく伝い流れてきた。

「アア……、やっぱり前に入れる方が気持ちいいわ……」

君枝が口を離し、淫らに唾液の糸を引きながら喘いだ。

「嚙《か》んで……」

さらに伸司がせがむと、君枝も彼の唇や頰にそっと歯を当ててくれた。

甘美な刺激に、ペニスが彼女の内部で最大限に膨張した。

「ペッて唾を吐きかけて」

さらに恥ずかしいのを我慢して口にした。アニメ声で天然っぽい君枝は、何でも面白がって言いなりになってくれる気がするのだ。

「まあ、そんなこと誰にもしたことないわ」

「僕だけにして」

「こんな可愛い子に、そんなことしていいの？」

思った通り君枝は言うなり、ためらいなく唇に唾液を溜《た》め、滴る寸前に顔を寄せ、勢いよく吐きかけてくれた。しかもペッと声まで出すので可愛らしく、彼は甘酸っぱい息の匂いとともに、生温かな唾液の固まりを鼻筋に受けてうっとりと酔いしれた。

唾液がヌラリと頰の丸みを伝い流れ、伸司は膣内の肉棒をヒクヒクと歓喜に震わせた。

「まあ、本当、中で悦《よろこ》んでるわ……」

彼女も気づいて言い、脈打つペニスをキュッキュッときつく締め上げながら、リズミカルに摩擦してくれた。

「い、いきそう……、顔中ヌルヌルにして……」

高まりながら言うと、君枝も息を熱く弾ませながら彼の顔中にヌラヌラと舌を這わせてくれた。

「ああ、ミルクの匂い……」

君枝は言い、顔中を湿らせた母乳を舐め取り、新たな唾液を垂らして舌で塗り付け、まみれさせながら股間をしゃくり上げるように動かし続けた。

もう限界である。伸司は締め付けと摩擦、息と唾液の匂いに包まれながら、とうとう昇り詰めてしまった。

「いく……！」

突き上がる大きな絶頂の快感に口走ると、ありったけの熱いザーメンがドクンドクンと勢いよく内部にほとばしった。

「か、感じる……、いいわ……、アアーッ……！」

噴出を受け止めた君枝も声を上ずらせ、ガクガクと激しいオルガスムスの痙攣を繰り返した。

伸司は収縮の中で心ゆくまで快感を嚙み締め、最後の一滴まで出し尽くしていった。

「ああ……、すごいわ……、気持ち良かった……」

突き上げを弱めていくと、君枝も満足げに声を洩《も》らし、徐々に肌の硬直を解いてグッタリともたれかかってきた。

まだ膣内はキュッキュッと名残惜しげな締め付けが繰り返され、刺激された射精直後のペニスがヒクヒクと過敏に内部で跳ね上がった。

「あう……」

君枝も敏感になって呻き、押さえつけるようにきつく締め付けた。

そして伸司は、美人妻の重みと温もりを味わい、甘酸っぱい濃厚な吐息を間近に嗅ぎながら、うっとりと余韻を嚙み締めたのだった……。

4

「誰も帰ってこないみたいね……」

君枝と伸司は、身繕いして階下のリビングにいた。まだ午後三時である。

すると、そこへ亜矢子から電話が入り、伸司は話してから切った。

「何ですって？」

「みんなでファミレスで夕食してから、海岸で子供たちと花火をするから、戻るのは八時頃になるって」

「まあ、そんな遅くになるの。それなら私は帰るわね」

君枝は言って立ち上がった。

もともとアルコールは飲めないし、濃厚なセックスをしてすっかり気も済んだのだろう。

「じゃまた、みんなが揃《そろ》っているときに来るわね。今日は有難う」

「ええ、気をつけて」

伸司は言い、車で帰っていく君枝を見送って室内に戻った。どうせみんな遅いから、彼も勝手に一人で夕食を済ませることになるだろう。

それにしてもまだ早いから、彼はまたソファで仮眠を取った。

するとチャイムで起こされ、時計を見ると三十分ほど眠ったようだった。

出ると、主婦の一人である大場咲江《おおばさきえ》が遊びに来たのだった。

彼女はまだ二十一歳。短大を出てすぐ結婚して子はなく、グループの中では最年少であった。

ボブカットで目が大きく、近所らしく自転車で来ていた。

「まあ、みんなそんなに遅くなるの。どうしようかしら」

仲司が話すと、咲江は言いながらもリビングのソファに座った。

「ずっとサイクリングしていたから疲れたわ」

「じゃお昼寝しますか。夕食になったら声を掛けますので」

「ええ、一緒に二階へ来て」

咲江が言って立ち、仲司もついていった。グループの中では痩せ形で、先に階段を上る脚もスラリとしていた。

「疲れてるけど眠くないの。でも一緒に横になって」

部屋に入ると、咲江が言って彼の手を引き、一緒にベッドへと倒れ込んだ。

これで、とうとう顔見知りになった主婦たちの中で、亜矢子以外全てと懇《ねんご》ろになってしまうようだった。

もちろん仲司も、君枝を相手に二回射精しているが、仮眠を取ったし相手が変われば、若いペニスは最大限に膨張しはじめた。

咲江は、主婦といっても若いので、まだまだ学生の友人も多いし、気分的に乗りで何でもしてしまいそうなタイプであった。

「ああ、可愛いわ……、二人きりで良かった……」

咲江は伸司の顔を胸に抱きすくめ、感極まったように言って身体を密着させてきた。

Tシャツには、甘ったるい汗の匂いが沁み付いて彼を酔わせた。

すると彼女が、そろそろと手を伸ばしてズボンの強ばりを確認した。

「勃ってるわ。嬉しい。私としてみたい？」

「ええ、すごくしたいです……」

答えると、すぐにも咲江が身を起こした。

「じゃ脱いで、全部よ」

彼女が言って、先に自分がTシャツと短パンを脱ぎ、ためらいなくブラとショーツも取り去ってしまった。

咲江は着痩せするたちなのか、脱いでしまうと意外に巨乳で、ウエストのくびれから腰へのラインも実に豊かな丸みを帯びていた。

伸司も起きて手早く全裸になると、再び二人でベッドに戻った。

「してみたいことある？」

「あ、足を舐めたい……」

「いいわ、好きなようにして」

咲江が仰向けになり、身を投げ出して言った。

伸司は身を起こし、彼女の足裏に顔を押し付けた。

「あん、足って、そこのことなの……?」

咲江が驚いたように言い、ビクリと脚を震わせた。どうやらスラリとした脚は自慢らしく、彼は太腿を舐めたいと思ったようだった。

それでも拒まれないので、伸司は足裏を舐め回し、やはりペディキュアの塗られた爪先に鼻を割り込ませて嗅いだ。

ビーチサンダルで長くペダルを踏んでいた指の股は、汗と脂に生ぬるく湿り、蒸れた匂いが濃厚に沁み付いていた。

酸性の刺激を鼻腔に感じ、彼は胸を満たしてからしゃぶり付いて、順々に指の間に舌を潜り込ませて味わった。

「あう……、そんなことする人初めてよ……」

咲江が呻きながら言い、クネクネと下半身を悶えさせた。

どうやら何人もの男を知ってきたようだが、足指を舐めないとは、ろくな男がいなかったらしい。

伸司は両足とも貪り、味と匂いを貪り尽くしてしまった。

そしてスラリとしたスベスベの長い脚を舐め上げ、股を開かせて張りのある滑らかな内腿を舌でたどり、熱気の籠もる股間に迫って目を凝らした。

何と、そこは無毛だったのである。

「ご、ご主人に剃《そ》られちゃったの……？」

伸司は、新鮮な眺めに思わず股間から訊《き》いた。

「主人は淡泊で、そんなことするタイプじゃないわ。もともと薄いので、自分で剃ったのよ」

咲江が、彼の熱い視線と息を感じながら小さく答えた。

恥毛がないから割れ目が丸見えで、陰唇を指で広げると、ピンクの柔肉は大量の愛液でヌメヌメと潤っていた。

膣口は細かな襞が入り組んで息づき、包皮の下からは真珠色のクリトリスがツンと突き立っていた。

無毛のため、割れ目の眺めも実に新鮮である。

指を離し、吸い寄せられるように顔を埋め込むと、毛はないけれど汗とオシッコの匂いははっきり感じられた。

鼻を擦りつけると、剃り跡のざらつきもなく丘はスベスベだった。

舌を挿し入れると淡い酸味のヌメリが迎え、彼は膣口の襞をクチュクチュ掻き回し、ゆっくりクリトリスまで舐め上げていった。

「アアッ……！」

他の主婦に漏れず、咲江もクリトリスへの刺激に熱く喘ぎ、ビクッと顔を仰け反らせた。

伸司がチロチロと小刻みにクリトリスを舐め、新たに溢れる愛液をすすると、彼女が内腿でムッチリと顔を挟み付けてきた。

さらに両脚を浮かせ、尻の谷間に鼻を埋め込んで嗅ぐと、汗の匂いと秘めやかな微香が混じり、悩ましく鼻腔を刺激してきた。

伸司は双丘に顔中を密着させて嗅ぎ、舌を這わせて襞を濡らし、ヌルッと潜り込ませて滑らかな粘膜を探った。

「あう、変な気持ち……」

咲江が呻き、キュッと肛門で舌先を締め付けてきた。男関係は誰より多そうだが、ここも舐められるのは初めてかも知れない。

やがて伸司は美女の前も後ろも充分に味わい、ようやく股間から離れると、そのままのしかかって汗の味のする肌を舐め、乳房に迫っていった。

左右の乳首を含んで舐め回し、顔中を柔らかな膨らみに押し付けて感触を味わい、さらに匂いを求めて腋の下にも鼻を潜り込ませていった。

腋もツルツルで滑らかな舌触りだったが、甘ったるい汗の匂いは濃厚に沁み付いていた。

すると彼女が腕枕しながら身を起こし、彼を仰向けにさせてきた。

「どこも丁寧に舐めるのね。シャワーも浴びてないのに嫌じゃないの？」

「ええ、女性のナマの匂いを知りたかったから……」

囁《ささや》かれ、伸司は受け身体勢になって答えた。

「臭いのが好きなの？」

「女性に臭い匂いはないので、濃いのが好きなんだと思います」

「変わった子ね。シャワーを浴びてさえ、割れ目を舐めてくれない男の子が多いのに」

彼女は言うが、そんな男は地獄へ堕《お》ちれば良いのだと思った。

やがて咲江は彼の股間へと移動してゆき、大股開きにさせて真ん中に腹這いになった。

まず彼女は、熱い息で肌をくすぐりながら、伸司の内腿に舌を這わせてきた。

「ああ……、噛んで……」

感じながら言うと、咲江も大きく口を開き、綺麗な歯並びでキュッと内腿を噛んでくれた。

「あう、もっと強く……」

伸司は甘美な刺激に呻き、勃起したペニスをヒクヒク震わせながらせがんだ。

咲江も、適度に力を入れて噛みながら、徐々に股間に迫ってきた。

そして左右の内腿を愛撫すると、いよいよ舌を伸ばし、まず陰嚢をチロチロと舐めてくれた。

「く……、気持ちいい……」

伸司は妖しい快感に呻き、睾丸《こうがん》を転がされて腰をくねらせた。

やはり積極的に愛撫するより、快感を知り尽くした年上の美女に身を任せ、好き勝手な愛撫を受ける方が性に合っているようだ。

咲江は袋全体を生温かな唾液にまみれさせると、いよいよ肉棒の裏側をゆっくり舐め上げてきた。

滑らかな舌が先端まで来ると、彼女は小指を立てて幹を支え、粘液の滲む尿道口をチロチロと丁寧に舐めてくれた。

そして張り詰めた亀頭をパクッと咥《くわ》え、モグモグとゆっくりたぐりながら根元まで呑み込んでいった。

「アア……」

伸司は快感に喘ぎ、深々と含まれながらヒクヒクと幹を震わせた。

咲江は付け根を口で丸く締め付けて吸い、息を股間に籠もらせながら、内部でクチュクチュと舌をからめてきた。

たちまち肉棒は、美人妻の生温かな唾液にどっぷりと浸った。

「ンン……」

咲江は先端を喉の奥に受けて小さく呻くと、やがて顔を上下させてスポスポと濡れた口で強烈な摩擦を開始していった。

引き抜くときは吸い付いてチューッと唇が突き出され、その貪欲な変顔も一種のギャップ萌《も》えとなって彼は高まった。

そして充分に唾液にヌメらせると、彼が暴発してしまう前にスポンと口を引き離した。

「いい？　入れるわ。なるべく長く我慢してね」

咲江が身を起こして言い、彼の股間に跨がってきた。

唾液に濡れた先端に割れ目を押し当て、腰を沈めてゆっくりと膣口に受け入れていった。

亀頭が潜り込むと、あとは滑らかにヌルヌルッと根元まで呑み込まれ、彼女は完全に座り込み、ピッタリと股間を密着させてきた。

5

「アアッ……、いい気持ち……」

咲江が顔を仰け反らせて喘ぎ、味わうようにキュッキュッと締め付けてきた。

伸司も、これで何人目かの温もりと感触を味わい、快感に膣内のペニスをヒクヒク震わせた。

彼女は長い脚をM字にしたまま、スクワットするように股間を上下させ、クチュクチュと音を立てて摩擦しはじめた。

さらに一回引き抜いて背を向け、再び挿入して前屈みになり、尻を突き出して腰を遣った。

これも新鮮な眺めと感触で、伸司もズンズンと股間を突き上げた。

やがて咲江は、挿入したまま再び向き直り、今度は身を重ねて覆いかぶさってきた。

「まだ大丈夫?」

「ええ、何とか……」

答えると、いったん動きを止めた彼女は上からピッタリと唇を重ねてきた。

舌をからめると、生温かな唾液のヌメリが心地よく、待ちきれないように伸司も股間の突き上げを再開させた。

「アア……、いきそうよ……」

咲江が口を離して喘ぎ、その口に鼻を押し込んで嗅ぐと、熱く湿り気のあるシナモン臭が感じられた。これが彼女本来の匂いなのかも知れない。

悩ましい匂いで鼻腔を満たし、ジワジワと絶頂を迫らせていった。

「唾を飲ませて……」

言うと咲江も懸命に分泌させ、クチュッと吐き出してくれた。

生温かな唾液で喉を潤すと、もう限界が近づいてきた。

「い、いきそう……」

「そう、よく頑張ったわね」

言うと、咲江が答えた。実は君枝と二回していたから保てたのだが、そんなことを言うわけにいかない。

「じゃ、最後は正常位でね」

彼女が言って股間を引き離し、仰向けになってきた。

伸司も入れ替わりに身を起こし、開かれた股間に身を進めていった。

そして愛液にまみれた先端を膣口に押し込み、股間を密着させて身を重ねた。

「アア……、いいわ、うんと動いて、好きなときにいって……」

咲江が両手を回し、長い両脚まで彼の腰にからめて言った。

伸司もズンズンと股間をぶつけるように突き動かしはじめ、喘ぐ口に鼻を押し付け、悩ましいシナモン臭の息を嗅ぎながら高まっていった。

「ああ、毛が擦れて感じる……」

咲江が喘ぎながら言った。パイパンだと、彼の恥毛も心地よい刺激になるのだろう。

大量の愛液が溢れ、揺れてぶつかる陰嚢も生温かく濡れ、ピチャクチャと淫らな摩擦音がリズミカルに続いた。

すると口に押し付けられた彼の鼻の穴を、咲江が舐めてくれたのだ。

「い、いく……！」

唾液と息の匂いに高まり、とうとう伸司は絶頂に達して口走った。

同時に大きな快感が全身を貫き、ありったけの熱いザーメンがドクンドクンと勢いよく内部にほとばしった。

「あう、いっちゃう……！」

噴出に奥深い部分を直撃された途端、咲江もオルガスムスのスイッチが入ったように口走り、ガクガクと狂おしい痙攣を開始した。

まるでブリッジするような勢いで腰を跳ね上げるので、彼も上下にバウンドしながら懸命に摩擦して快感を噛み締め、心置きなく最後の一滴まで出し尽くしていった。

すっかり満足しながら動きを弱め、力を抜いて体重を預けていくと、

「ああ……」

咲江も声を洩らして肌の強ばりを解き、グッタリと四肢を投げ出していった。

もたれかかりながら呼吸を整えると、息づくような収縮に膣内のペニスがピクンと過敏に跳ね上がった。

「すごかったわ……、こんなに感じたのは初めてよ……」

咲江も満足げに囁き、彼を乗せたまま荒い息遣いを繰り返した。

伸司も、悩ましい吐息を嗅ぎながら、うっとりと快感の余韻に浸り込んでいったのだった……。


――夕方、食事を終えると咲江も帰っていった。

そして風呂の仕度をして待っていると、ようやく一行も戻ってきたが、何人かは子供も連れて来ていたので、さらに賑《にぎ》やかになった。

リビングと庭の両方を使って飲みながら、順々に風呂を終え、半分は子供を連れて引き上げ、残りは泊まることとなった。

さすがに伸司も今日は疲れているので部屋で休むと、幸い誰かが来るようなこともなく、朝までぐっすり眠ることが出来たのだった。

本来なら、こうした何事もない夜を想像してバイトに来たのである。

もちろん目覚めれば、疲れが残っていることもなく、また新たな淫気に包まれる一日が始まった。

皆で朝食を終えると、伸司と亜以が、奈津子に誘われた。

「うちへランチに来ない？」

「ええ、行きたいわ」

奈津子が言うと、亜以が笑顔で答えた。

以前から亜以は、このボーイッシュな奈津子に懐いていたようだ。

亜矢子も快く送り出してくれ、やがて伸司と亜以は奈津子の車で出かけた。

家は藤沢《ふじさわ》市内にあり、婦人科の医院を開業していた。

「主人は学会で今日明日はいないのよ。誰もいないから気兼ねなく」

駐車場に車を入れた奈津子が下りて言い、二人を招き入れてくれた。

医院の裏が母屋となり、そちらから入ったが、それなりに大きな家だった。

「ね、診察室、見てみたいわ」

亜以が言い、奈津子も案内してくれた。

消毒薬の匂いがして、中には診察ベッドと、婦人科の検診台があった。

なるほど、ここで開脚して両足を固定され、ライトを当てられたら奥まで丸見えになることだろう。

しかも椅子が便座のようにUの字になっているので、肛門の方まで難なく見えそうである。

伸司は想像し、股間がムズムズしてきてしまった。

「亜以ちゃん、座ってみる？」

「ええ……」

奈津子が言うと、亜以は意外にも好奇心いっぱいに答えたのだ。

「じゃ、パンツも脱いでね」

「ええっ……？」

「もう雰囲気で分かってるわ。二人はもうエッチしているでしょう」

奈津子が見透かしたように言い、亜以も否定しなかった。どうやら以前から亜以は性的なことでも何でも、母親に相談できないことまで奈津子に話していたようだった。

「いずれ結婚して妊娠したら座るんだから、練習だと思って座ってみて」

言うと、亜以もモジモジとスカートをめくり上げ、下着を脱いでしまったのである。

妖しい雰囲気に興奮し、伸司は心身がぼうっとなってきた。

あるいは、この女同士はもっとレズっぽい秘密でもあったのではないかとさえ思えたのである。

やがて亜以が検診台に座り、左右の台に両足を乗せて股を開いた。

すると奈津子がマジックテープで両足を固定し、裾をまくり上げてライトを当てた。

美少女の割れ目が照らし出され、

「ああ……」

亜以が羞恥に声を洩らして、ムッチリした内腿をヒクヒク震わせた。閉じようとしても、開脚のまま固定されている。

「いいわ、伸司くん、ここに座って」

奈津子に言われ、伸司は亜以の股間にある椅子に座った。

確かに、割れ目から肛門まで丸見えで、しかもライトが当てられ、陰唇の内側のヌメリまではっきりと見て取れた。

「ここが一番感じるけど、刺激が強いからあまり長く舐めないように。むしろまわりを念入りにしてあげてね」

奈津子が亜以のクリトリスを指して言い、そっと触れると亜以の内腿がビクッと震えた。

「本当に濡れやすい子ね。舐めてあげて」

言われて、伸司もぼうっとしながら吸い寄せられるように顔を埋め込んだ。

若草に鼻を押し付けて汗とオシッコの匂いを貪りながら、割れ目内部に舌を潜り込ませていった。

膣口を探ると淡い酸味のヌメリが増し、そのままクリトリスまで舐め上げていくと、

「アァッ……！」

亜以が激しく喘ぎ、検診台がギシギシ音を立てた。

伸司はチロチロとクリトリスを舐め、溢れる蜜をすすり、さらに尻の谷間にも鼻を埋め込み、可憐《かれん》な蕾に籠もった微香を嗅いでから舌を這わせた。

実に、愛撫しやすい台だと感心したものだが、実際の用途は診察であり、奈津子の夫がこのように使ったことがあるかどうかは分からない。

舌を潜り込ませ、ヌルッと滑らかな粘膜を探ると、

「も、もうダメ……、変になりそう……」

亜以がクネクネと悶えながら声を震わせた。

前も後ろも味わってから伸司が顔を上げると、

「じゃ、伸司くんも座ってごらんなさい。どんな気持ちか」

「え……」

奈津子が言いながら亜以の足からマジックテープを外すと、すぐに彼女は降りてきた。

伸司も緊張と興奮にモジモジしながらズボンと下着を脱ぎ、そろそろと検診台に上がって脚を開いた。

すると奈津子は足首を固定し、股間にライトを当ててきたのである。

第五章　二人がかりで弄《もてあそ》ばれて

1

「ああ……、恥ずかしいよお……」

伸司は、股間を丸見えにさせながら羞恥に喘《あえ》いだ。何しろ美女と美少女の、二人に見られているのである。

もちろん緊張と羞恥の中でも、ペニスは妖しい期待にムクムクと最大限に膨張していた。

「すごく勃《た》ってるわ……」

「亜以ちゃん座って、近くで見て」

奈津子が言うと、亜以も椅子に座って彼の股間に顔を寄せてきた。

「先っぽが濡《ぬ》れてるわ」

「舐《な》めてあげて」

言われて、亜以もためらわず顔を寄せ、チロッと裏側を舐め上げ、粘液の滲《にじ》む尿道口にもチロチロと舌を這《は》わせてくれた。

そして亀頭を含んで吸い付き、熱い息で恥毛をそよがせてきた。

「私にもしゃぶらせて」

すると奈津子も亜以に頬を寄せ、一緒になって舌を這わせてきたではないか。

亜以も口を離し、二人で同時に亀頭を舐めたのである。

女同士の舌が触れ合っても気にならないようなので、恐らく以前から二人は、キスの練習などもしていて、全く抵抗がないのだろう。

股間に二人分の熱い息が籠もって舌が這い、混じり合った唾液が生温かく亀頭をヌメらせた。

「アア……、気持ちいい、いきそう……」

そんな二人の関係が気になりながらも、伸司はダブルの快感に喘いで幹をヒクヒク震わせた。

「いきそうなら止《や》めてあげて」

まだ勿体《もったい》ないと思ったか、奈津子が舌を引っ込めて言うと、亜以も口を引き離した。

「ね、奈津子さんも座ってみて……」

亜以が言うと、奈津子は彼のマジックテープを外した。そして伸司が台から降りると、奈津子も短パンと下着を脱ぎ去って検診台に座った。

脚を広げたので、伸司がマジックテープで固定し、亜以と半分ずつ椅子に座って、一緒に奈津子の股間に顔を寄せた。

「綺麗《きれい》だわ。私のもこう？」

頬を寄せ合いながら、亜以が甘酸っぱい息を弾ませて言った。

「うん、亜以ちゃんのも綺麗だよ。クリトリスと花びらは、これより小さめだけれど」

伸司は答え、奈津子の割れ目に顔を埋め込んだ。

恥毛には悩ましい汗とオシッコの匂いが生ぬるく籠もり、彼は鼻腔《びこう》を満たしながら舌を這わせた。

淡い酸味のヌメリを味わい、膣口《ちつこう》から大きめのクリトリスまで舐め上げると、

「アアッ……！」

奈津子がビクッと反応して熱く喘いだ。

チロチロと舌を這わせて味と匂いを堪能《たんのう》し、もちろん尻の谷間にも鼻を埋め込んで微香を嗅ぎ、襞《ひだ》を濡らしてヌルッと潜り込ませた。

「あう……」

奈津子が呻《うめ》き、肛門《こうもん》で舌先を締め付けてきた。

伸司は、滑らかな粘膜を探ってから顔を離した。

「舐めてみる？」

言うと、亜以は小さく頷《うなず》いて奈津子の割れ目に顔を寄せ、光沢を放つクリトリスをペロリと舐めた。

「く……！」

奈津子は、やはり伸司とは違う感覚を得たように息を詰めて呻き、柔肉を蠢《うごめ》かせて新たな蜜を漏らした。

亜以は嫌そうでもなく、何度かチロチロと舐めてから顔を離した。

「前にも、奈津子さんのを舐めたことあるの？」

「少しだけ……」

訊《き》くと亜以が素直に答えたので、やはり以前から女同士で戯れたことがあったようだ。

そして奈津子も、両刀のようなタイプなのだろう。

「ね、お部屋へ行きましょう……」

奈津子が言って身を起こしたので、伸司も足の固定を外した。

そして三人で、脱いだものを持って診察室から母屋に入り、夫婦の寝室へと移動した。

ベッドが二つ並び、セミダブルは夫のものだろう。奈津子は乱れた服を脱ぎ捨て、全裸で自分のシングルベッドの方に横たわった。

伸司と亜以も全て脱ぎ去り、身を寄せ合って川の字になった。

すると奈津子が身を起こし、伸司を真ん中に仰向《あおむ》けにさせ、亜以と左右から顔を寄せてきたのだ。

「二人で半分ずつ食べてしまいましょうね」

奈津子が言い、彼の右の乳首にチュッと吸い付いてきた。亜以も従い、彼の左の乳首に唇を押し当ててきたのである。

「アア……」

伸司は、左右の乳首を美女と美少女に舐められ、熱い息で肌をくすぐられながらクネクネと悶《もだ》えて喘いだ。

それぞれの舌がヌラヌラと蠢いて、時にチュッと強く吸われ、その非シンメトリックな刺激に否応《いやおう》なく全身が反応してしまった。

「か、噛《か》んで……」

言うと、二人とも綺麗《きれい》な前歯でキュッと乳首を挟み、小刻みに咀嚼《そしゃく》するように刺激してくれた。

「あう、もっと……」

伸司は甘美な痛みに身をくねらせて呻き、屹立《きつりつ》した肉棒をヒクヒク震わせた。

さらに二人は、乳首から脇腹や下腹まで舌と歯で移動し、肌のあちこちを刺激した。奈津子が移動すると、亜以もそれに倣って同じような左右の場所を愛撫《あいぶ》してきた。

まさに奈津子が言ったように、伸司は二人に全身を少しずつ食べられているような興奮と快感に包まれた。

すると二人は、ペニスを避けるように腰から太腿《ふともも》、脚を舐め下りていったのである。

二人が彼の足裏を舐め、同時に爪先にしゃぶり付いて、順々にヌルッと指の間に舌を割り込ませてきた。

「く……、そ、そんなことしなくてもいいのに……」

伸司は、妖しい快感に呻きながら、それぞれの舌を唾液に濡れた指で挟み付けた。自分がする分には良いが、される側になると申し訳ない気持ちになってしまうのだった。

それでも二人は念入りにしゃぶり、やがて彼を大股開きにさせ、脚の内側を舐め上げてきた。

内腿にも舌が這い、歯がキュッと食い込み、そのたびに伸司はビクリと反応してペニスを震わせた。

やがて二人が頬を寄せ合って迫ると、熱い息が股間に混じり合った。

するとまず奈津子が、彼の両脚を浮かせ、オシメでも替えるような格好にさせると、二人で双丘を舐めたり噛んだりした。

そこも、実にくすぐったいような感覚の大きい場所であった。

先に奈津子が、チロチロと肛門を舐め回し、ヌルッと潜り込ませてきた。

男の場合は、順序など構わず先に舐めても良いらしい。

「あう……！」

伸司は快感に呻き、モグモグと奈津子の舌先を肛門で締め付けた。

彼女も熱い鼻息で陰嚢《いんのう》をくすぐりながら、内部で舌を蠢かせ、やがてヌルッと引き抜くと、すぐにも亜以が同じように潜り込ませてきた。

「く……」

立て続けだと、それぞれの舌の微妙な温《ぬく》もりや感触の違いが分かり、どちらも実に心地《ここち》よくて彼を燃え上がらせた。

亜以の舌が内部で蠢くと、内側から刺激されるように勃起したペニスがヒクヒクと上下した。

ようやく亜以が舌を引き離すと脚が下ろされ、今度は二人で同時に陰嚢に舌を這わせてきた。

熱い息が混じり合って股間に籠もり、それぞれの睾丸《こうがん》がチロチロと舌に転がされ、ミックス唾液で袋全体が生温かくまみれた。

いよいよ二人がペニスに身を乗り出し、裏側と側面を同時に舐め上げてきた。

「アア……」

伸司は懸命に肛門を締め付け、暴発を堪《こら》えて喘いだ。

恐る恐る股間を見ると、まるで美しい姉妹が一本のキャンディを同時に味わっているかのようだ。

先に奈津子が先端に辿《たど》り着き、粘液の滲む尿道口をチロチロと舐め、舌を離すとすぐに亜以も同じようにしゃぶってくれた。

たちまち張り詰めた亀頭は、混じり合った唾液に生温かく濡れて震えた。

2

「ああ、いきそう……」

伸司が腰をよじらせ、降参するように言ったが、奈津子は構わずスッポリと呑《の》み込んで吸い付き、舌をからめてからスポンと引き抜いた。

続いて亜以も深々と含み、クチュクチュと舌をからめて吸い、チュパッと引き離した。

「いいわ、出させちゃうと勿体ないから」

やがて奈津子が言って身を起こすと、亜以も起き上がった。

「してほしいこと、ある？」

「足を顔に……」

「いいわ、じゃ亜以ちゃんも」

伸司が答えると、二人は立ち上がって伸司の顔の左右に立ち、身体《からだ》を支え合いながら、片方の足をそっと彼の顔に乗せてくれた。

「ああ……」

彼はダブルの興奮を味わって喘ぎ、それぞれの足裏を舐め、指の股に鼻を押し付けて嗅いだ。二人とも、汗と脂に湿り、蒸れて似たような匂いが濃く沁《し》み付いていた。

混じった匂いを貪ってから、順々に爪先をしゃぶり、二人の指の間を充分に舐め回し、足を交代してもらった。

「ああ……、くすぐったいわ……」

亜以が声を震わせて奈津子にしがみつき、やがて伸司は二人分の両足とも、味と匂いを吸い尽くしてしまった。

「顔に跨《また》がって……」

言うと先に奈津子が跨ぎ、和式トイレスタイルでしゃがみ込んできた。

逞《たくま》しい脚がM字になってムッチリと張り詰め、股間が鼻先に迫った。

さっきの検診台の時よりも、愛液の量は格段に増していた。

茂みに鼻を埋《うず》め、汗とオシッコの匂いを貪り、舌を這わせて淡い酸味のヌメリをすすった。

「ああ、感じすぎるわ。早く入れたいので……」

奈津子が言い、何度か彼の鼻と口に割れ目を擦《こす》りつけると、すぐに股間を引き離して移動した。

続いて亜以がしゃがみ込み、愛らしい割れ目に舌を這わせて清らかな蜜をすすり、蒸れた汗とオシッコの匂いで鼻腔を満たした。

「あん、いい気持ち……」

クリトリスを舐めると亜以が喘ぎ、その間に奈津子がペニスに跨がると、ヌルヌルッと一気に膣口に納めてきたのだった。

「アア……、奥まで響くわ……」

奈津子が喘いで、ピッタリと股間を密着させてきた。

「く……」

伸司も暴発を堪えて呻きながら、亜以の味と匂いを貪った。

やがて亜以が絶頂を迫らせ、ビクリと股間を引き離した。

場所が空くと、奈津子は彼の胸に両手を突っ張って腰を上下させ、クチュクチュと淫らな摩擦音を立てながら本格的に動きはじめた。

伸司は奥歯を噛み締め、懸命に暴発を堪えた。何しろ次に亜以が控えているのだから、出来れば二人とも味わいたかった。

すると思いが伝わったように、奈津子の膣内が活発に収縮しはじめた。

「い、いく……、アアーッ……！」

奈津子がガクガクと身を反らせて痙攣《けいれん》し、声を上ずらせながらオルガスムスに達してしまった。

伸司も摩擦と収縮の中で絶頂を堪え、何とか奈津子がグッタリとなるまで保つことが出来たのだった。

「ああ、良かった……」

奈津子が満足げに声を洩《も》らし、股間を引き離してゴロリと横になった。

大人の女の凄《すさ》まじい絶頂を目の当たりにし、亜以が不安げにペニスに跨がってきた。

「ひ、避妊は……？」

「今日の亜以ちゃんは大丈夫よ……」

伸司が訊くと、奈津子が息を弾ませながら答えた。

どうやら亜以の体調も熟知し、オギノ式か基礎体温か分からないが、とにかくナマで大丈夫なようだった。

あるいは、それで今日を選んだのかも知れない。

亜以も、奈津子の愛液にまみれた先端に割れ目を押し当て、ゆっくりと腰を沈み込ませていった。

最も太い亀頭のカリ首が潜り込むと、あとは重みとヌメリで滑らかにヌルヌルッと根元まで受け入れた。

「アアッ……！」

亜以が顔を仰《の》け反《ぞ》らせて喘ぎ、キュッと締め付けてきた。

もう初回ほどの痛みもないようで、むしろ奈津子の絶頂に影響を受けたように自分も快感を得たいと思ったのかも知れない。

伸司は温もりを味わいながら、両膝を立てて太腿で彼女の尻を支え、両手を伸ばして抱き寄せた。

そして亜以が身を重ねてくると、伸司は顔を上げ、ピンクの乳首にチュッと吸い付いて舌で転がし、顔中で張りのある膨らみを味わった。

すると、隣で余韻に浸っていた奈津子も身を寄せ、彼の口に乳房を押し付けてきたのである。

まだ快感がくすぶり、舐めてもらっていない部分を亜以が愛撫されると、対抗意識を燃やしたように割り込んできたのだ。

伸司は奈津子の乳首も含んで舐め回し、二人分の膨らみと甘ったるい体臭を味わった。

やがて二人の乳首を全て味わうと、彼はそれぞれの腋《わき》の下にも鼻を押し付け、濃厚な汗の匂いで胸を満たした。

下から亜以に唇を重ねると、また奈津子が口を押し付け、結局三人で舌を舐め合うことになった。

「ンン……」

亜以も奈津子も熱く鼻を鳴らし、二人の混じり合った吐息で伸司の顔中が湿り気を帯びた。伸司は夢のような心地よさに、少しでも動いたら果てそうなほど高まってしまった。

亜以の息は可愛《かわい》らしく甘酸っぱい果実臭で、今日の奈津子の口からは花粉のような甘い匂いが漏れて、それらが混じり合って鼻腔を刺激してきた。

「唾を出して……」

言うと奈津子がクチュッと唾液を垂らしてくれ、亜以も懸命に分泌させてトロリと吐き出してくれた。

口の中でミックスされた、生温かく小泡の多い粘液を味わい、彼はうっとりと喉を潤して酔いしれた。

「顔中もヌルヌルにして……」

さらにせがむと、二人は同時に彼の鼻の穴を舐め、頬や瞼《まぶた》、耳の穴まで舐め回し、顔中を生温かなミックス唾液にまみれさせてくれた。

もう限界である。伸司は下から両手を回して亜以を支え、ズンズンと股間を突き上げはじめてしまった。

「アア……！」

亜以も熱く喘ぎ、大量の愛液を漏らして動きを滑らかにさせ、膣内もキュッキュッと締め付けてきた。

「い、いく……、アアッ……！」

とうとう昇り詰めて声を洩らし、伸司は溶けてしまいそうな大きな快感に全身を貫かれた。

同時に、ドクンドクンと大量の熱いザーメンが勢いよく内部にほとばしった。

やはり初めてのナマの中出しは最高で、彼は心ゆくまで亜以の温もりと感触を嚙み締め、最後の一滴まで出し尽くしていった。

すっかり満足しながら突き上げを弱めてゆくと、

「ああ……」

亜以も喘ぎ、肌の強《こわ》ばりを解いてグッタリと体重を預けてきた。

「大丈夫？　強く突いてしまったけど……」

「ええ、もう痛くないわ。それより、奥で出る感じが温かく伝わってきた……」

訊くと、亜以も息を弾ませながら、感覚を思い出して健気《けなげ》に答えた。

噴出が感じられるなら、もう間もなく膣感覚でのオルガスムスも得られるかも知れない。

美少女の膣内は、まだキュッキュッと息づくような収縮が繰り返され、刺激されたペニスがヒクヒクと内部で過敏に跳ね上がった。

「あう……」

すると亜以も敏感になっているように声を洩らし、キュッときつく締め上げてきた。

仲司は呼吸を整えながら亜以の重みと、横から密着している奈津子の温もりを感じ、二人分の混じり合ったかぐわしい吐息を嗅ぎながら、うっとりと快感の余韻に浸り込んでいったのだった。

3

「ね、こうして割れ目を広げて」

仲司は、バスルームの床に座り込んで言い、亜以と奈津子を左右に立たせた。

もう三人とも、シャワーの湯で全身を洗い流したところである。バスルームも広く、三人でも余裕があった。

二人も素直に仲司の左右に立ち、言われるまま肩を跨いで彼の顔に股間を突き出してきた。

「こう……？」

奈津子が言い、自ら指を当てて陰唇を広げ、中の柔肉を見せてくれた。すると亜以も反対側で同じようにした。

「オシッコかけて……」

「ヘンタイね……、でも本当、期待に回復してきたみたい……」

仲司が言うと、奈津子が目ざとくペニスを見て言い、下腹に力を入れて尿意を高めはじめてくれた。

亜以も息を詰め、羞恥と言うよりまだ朦朧《もうろう》としていた。

仲司は左右の割れ目を交互に舐め、淡いヌメリを味わった。どちらも濃厚だった匂いは消えてしまったが、愛液だけは二人とも、後から後から泉のように湧き出していた。

「あう、出る……」

奈津子が言い、柔肉を蠢かせると同時に、チョロチョロと熱い流れがほとばしってきた。

それを口に受け、やや濃い味わいと匂いを噛み締めて少しだけ飲んで口から溢《あふ》れさせた。すぐにも勢いがついて、温かく肌に降り注がれて匂いが鼻腔を刺激してきた。

「あん……」

すると亜以も声を洩らし、ポタポタと雫《しずく》を滴らせたかと思うと、間もなくチョコチョコとした一条の流れを彼に注いできた。

顔を向けて舌に受けると、こちらはアルコールも飲まないので味も匂いも淡く清らかで、続けざまに喉に流し込んでも何の抵抗もなかった。

やがて二人分の混じった匂いに包まれ、交互に割れ目を舐めるうち、二人の放尿が治まった。

伸司が代わる代わる割れ目を舐めて残り香を味わうと、たちまち新たな愛液が溢れて、淡い酸味とともに舌の動きが滑らかになった。

「アア……、またベッドに戻りましょう……」

奈津子がガクガクと膝を震わせて言い、彼の顔から股間を引き離した。

亜以も座り込み、また三人でシャワーを浴びると、身体を拭いて全裸のまま寝室のベッドに戻っていった。

奈津子は、また伸司を真ん中に仰向けにさせ、亜以と左右から肌を密着させて挟み付けてきた。

「今度はどんなふうに出したい？　二人のお口でいく？」

「うん……、それもいいけど、指だけでもいい……」

訊かれて、伸司は答えていた。

「どうして、指じゃつまらないでしょう」

「二人とキスしながらいきたいので」

「そうか、君は女の唾や息が好きだものね」

奈津子も、すっかり彼の性癖を承知して答えた。

「じゃ、いきそうになるまでお口でしてあげるね」

奈津子は言って、亜以と一緒に、ピンピンに勃起しているペニスに移動した。

「こういうのは？」

奈津子が言い、両足の裏でペニスを挟んで軽く動かしてくれた。

「ああ、いい……」

足裏の感触に包まれ、伸司が喘ぐと、奈津子は亜以にも交代させた。

美少女の足裏に挟まれて動かされると、妖しい快感がゾクゾクと突き上がり、このまま射精しそうなほど高まってしまった。

「これは？」

奈津子が言い、今度はペニスを乳房の谷間に挟んで揉《も》み、あるいは乳首を股間に擦り付けてくれた。

「ああ、気持ちいい……」

肌の温もりと膨らみの柔らかさに、彼は身を反らせて喘いだ。

亜以も張りのあるオッパイで挟んだり擦ったりしてくれ、やがて二人は顔を寄せ合い、一緒に亀頭をしゃぶってくれた。

交互に含んでは吸いながらスポンと引き抜き、すぐにも交代し、吸引と舌の蠢きを代わる代わる繰り返してくれた。

たちまちペニスは二人分の唾液にヌラヌラとまみれて震え、股間には混じり合った息が温かく籠もった。

舌のヌメリも心地よく、次第に伸司は、もうどちらの口に含まれているかも分からないほど、朦朧となって絶頂を迫らせていった。

「い、いきそう……」

口走ると、すぐにも二人が顔を上げ、彼の左右から顔を寄せてきた。

そして奈津子が唾液にまみれたペニスを握ってしごき、亜以は陰嚢を指でくすぐりながら、二人同時に唇を重ねてきたのだ。

伸司も、それぞれ滑らかに蠢く舌を舐めて感触を味わい、生温かな唾液をすすって喉を潤した。

「お、思い切り顔に唾をかけて……」

伸司が言うと、奈津子が顔を上げて口に唾液を溜《た》めた。

「いいの？　亜以ちゃんの彼氏にごめんね」

「ううん、奈津子さんだけは特別だから」

亜以が答えると、奈津子が大きく息を吸い込んで顔を迫らせ、強くペッと吐きかけてくれた。

さらに亜以も、興奮に任せてためらいなく同じようにした。

それぞれのかぐわしい息が顔中を包み込み、生温かな唾液の固まりが鼻筋や頬を濡らし、丸みを伝ってトロリと流れた。

「い、いく、舐めて……」

伸司は奈津子の指でリズミカルに愛撫され、二人分の唾液のヌメリと吐息の匂いに昇り詰めてしまった。

二人も、彼の鼻の穴や口を舐め回し、かぐわしい息を惜しみなく吐きかけてくれた。

「あう……！」

大きな絶頂の快感に貫かれて呻き、彼はありったけの熱いザーメンをドクンドクンと勢いよくほとばしらせてしまった。

すると奈津子が顔を移動させ、パクッと亀頭を含んで吸い出してくれたのだ。

亜以は、そのまま残って彼に舌をからめ、湿り気ある果実臭の息を熱く弾ませていた。

やがて伸司は快感に悶えながら、最後の一滴まで奈津子の口に出し尽くし、グッタリと身を投げ出していった。

奈津子も亀頭を含んだまま、口に溜まったものをゴクリと一息に飲み干してくれた。

「く……」

キュッと締まる口腔に刺激され、過敏に反応しながら呻くと、ようやく奈津子も口を引き離した。

すると亜以も顔をペニスに移動させ、尿道口から滲む雫までペロペロと丁寧に舐め取って綺麗にしてくれたのだった。

奈津子も一緒になって交互に舌を這わせ、滑らかに蠢く二人の舌に刺激され、彼は降参するように身悶えた。

「も、もういい、有難う……」

伸司は過敏に腰をくねらせて言い、顔に残る二人分の唾液の匂いに包まれながら、快感の余韻を味わったのだった……。

4

「まだ起きてる？」

夜、伸司の部屋に美緒が来て声を掛けた。

伸司は、昼間濃厚な3Pをして三人で屋敷に戻り、少し仮眠を取ってから皆で夕食をした。

そして例により、帰る組と泊まる組に分かれて解散となり、伸司も入浴して部屋に戻ったところである。

「いえ、大丈夫です」

「私の部屋に来て」

言われて、他の部屋にも人がいるので、伸司はそっと出て移動し、美緒の部屋へと入った。

するとベッドの横に、何とハンモックが置かれていた。

「納戸にあったので、亜矢子さんに借りたのよ」

美緒が言い、座って軽くバウンドさせた。

壁や天井にフックを掛けるものではなく、四つのポールがしなるようになっている、持ち運びに便利なハンモックだ。

「脱いで寝てみて」

美緒が、好奇心に目をキラキラさせて言い、伸司も手早く全裸になってハンモックに乗ってみた。

昼間の3Pは夢のように贅沢《ぜいたく》で心地よいものだったが、どこかゲームかスポーツ感覚になってしまうのが否めず、やはり秘め事は密室での一対一の方が興奮が高まった。

「仰向けじゃなく、うつ伏せに寝て」

言われて伸司は寝返りを打ち、やや身体を反らせながらうつ伏せに横たわったが、それほど苦痛ではない。

「わあ、やっぱりちょうどいいわ」

美緒が言い、ハンモックの下に仰向けになり、粗い編み目から突き出されたペニスに、真下からしゃぶり付いてきたのである。

「ああ……」

伸司は、真下からしゃぶられるという無重力感覚に喘いだ。

ハンモックの揺れが上下左右に繰り返され、美緒も下から熱い息を吐きかけながら亀頭を吸い、スッポリと根元まで呑み込んできた。

それは実に新鮮な快感で、たちまち彼自身は美緒の生温かな唾液にまみれ、口の中でムクムクと最大限に勃起していった。

「ンン……」

美緒も熱く鼻を鳴らして執拗《しつよう》に舌をからめ、上下のバウンドに合わせてスポスポと摩擦してくれた。

「ああ、気持ちいい……」

伸司が快感に喘ぐと、やがて美緒がチュパッと口を離した。

「あんまり長いと肌に痕が付くわ。交代して」

美緒が言い、自分も手早く全裸になった。転ばないよう注意深く伸司が下りると、入れ替わりに美緒がハンモックに座った。

「下から入るかしら」

横にならず、両足を垂らすように座り、彼も真下に仰向けになって勃起したペニスを突き出した。高さは問題なくちょうど良いので、あとは位置と角度だけである。

「もう少し……」

美緒も何度か座り直して位置を変えると、やがてペニスの真上に来て、網目の間からヌルヌルッと膣口に受け入れていった。

「あう……、嵌《は》まったわ……」

何とか根元まで入ると美緒が呻き、ハンモックのクッションで腰を上下させはじめた。

たまに角度は合わなくなるが、何度かヌラヌラと摩擦することが出来、やがてヌルッと引き抜けてしまった。

「あん、やっぱり無理があるわね。でも少しでも試せて良かったわ」

美緒が言って身を起こしたので、彼も下から這い出した。少しでも入って動けたので満足したようだ。

「お尻、編み目の痕が付いてない？」

「ええ、大丈夫です」

ベッドに乗って尻を突き出した美緒に答え、彼はそのまま白い双丘に顔を押し付けていった。ピンクの蕾《つぼみ》に鼻を埋めて微香を嗅ぐと、顔中に丸い尻の感触が密着し、彼は襞を舐め回して舌先を潜り込ませた。

「ああ……、いい気持ち……」

美緒も横になって股を開き、伸司は滑らかな粘膜を味わってから、大量の愛液に濡れている割れ目に顔を埋め込んでいった。

（いけない、順序が逆になったけど、まあいいか……）

伸司は思ったが、肛門のあとに割れ目を舐め回した。

茂みに鼻を擦りつけると、淡い汗の匂いが沁み付いていた。夕方に入浴してから、だいぶ時間も経《た》ったようである。

淡い酸味のヌメリにまみれた膣口を掻《か》き回し、ツンと突き立ったクリトリスまで舐め上げていくと、

「アア……、もっと……」

仰向けになった美緒が顔を仰け反らせ、両膝を立てて股間を突き出してきた。

伸司も執拗にクリトリスを吸い、指を膣口に押し込んでクチュクチュと小刻みに内壁を擦った。

「い、いっちゃいそう……、入れて……」

美緒がヒクヒクと白い下腹を波打たせてせがみ、伸司もすっかり高まっていたので身を起こして股間を進めていった。

正常位で先端を割れ目に擦り付け、ヌメリを与えながら膣口に位置を定めると感触を味わうようにゆっくりと押し込んだ。

急角度にそそり立ったペニスが、内部の天井を擦りながらヌルヌルッと滑らかに根元まで吸い込まれていった。

「あう、いい……！」

美緒が、まるでペニスの先端が喉にまで届いたかのように息を詰めて言った。

伸司も肉襞の摩擦と温もり、潤いと締め付けを感じながら股間を密着させ、身を重ねていった。

まだ動かず、左右の乳首を含んで舐め回し、顔中で柔らかな膨らみを味わってから、腋の下にも鼻を埋め込んだ。

匂いは淡いが、それでも悩ましく甘ったるい汗の匂いが感じられ、その刺激が胸に沁み込んでペニスにまで伝わっていった。

首筋を舐め上げ、上から唇を重ねていくと、

「ンンッ……！」

美緒が熱く呻いて吸い付き、下から両手を回し、もう我慢できないようにズンズンと股間を突き上げはじめた。

合わせて伸司も腰を遣い、何とも心地よい摩擦に高まっていった。

舌をからめると、美緒の舌もヌラヌラと滑らかに蠢き、彼は生温かな唾液をすすって動き続けた。

「アア……、い、いきそうよ……」

美緒が口を離して喘ぐと、彼は鼻を押し付けて湿り気ある息を嗅いだ。それは甘い花粉臭の刺激に、うっすらと歯磨きのハッカの匂いが混じり、悩ましく鼻腔を掻き回してきた。

彼が股間をぶつけるように律動を続けると、

「いく……、ああーッ……！」

とうとう美緒が身を反らせて喘ぎ、ガクガクと狂おしいオルガスムスの痙攣を開始した。

膣内の収縮と潤いも最高潮になり、続けて伸司も昇り詰め、大きな快感とともにドクドクと勢いよく射精した。

「あう、熱い……！」

噴出を感じた美緒が、駄目押しの快感とともに呻き、ザーメンを飲み込むようにキュッキュッと収縮を続けた。

伸司も快感を噛み締め、心置きなく最後の一滴まで出し尽くし、満足しながら動きを弱めていった。

そしてもたれかかると、彼女も回していた両手を解いて、グッタリと四肢を投げ出した。まだ膣内はキュッキュッと締まり、伸司は刺激されながらヒクヒクと過敏に内部で幹を上下させた。

「ああ、良かった……」

美緒が薄目でうっとりと言い、彼も喘ぐ熱い息を間近に嗅ぎながら、快感の余韻を味わったのだった。

5

「山内くん、起きて……」

伸司が自分の部屋で寝ていると、いきなり亜以に揺り起こされた。

「え……？」

目を開け、窓の外を見ると東の空が白んでいた。まだ明け方である。

するとパジャマ姿の亜以も、隣に添い寝してきた。

どうやら階下の亜矢子の部屋を抜け出し、来てしまったらしい。

「今日、東京へ帰るわ」

「そうなの……」

亜以が、寝起きで濃くなった果実臭の息を弾ませて囁《ささや》くと、伸司も完全に目を覚まして答えた。

やはり亜以も、主婦たちのパーティに毎日付き合うより、都内の友人たちと会っている方が楽しいのだろう。

「私と、奈津子さんとどっちが好き?」

「亜以ちゃんに決まってるじゃないか。奈津子さんとの三人も楽しかったけど、亜以ちゃんが嫌じゃないか心配だったんだ」

「別に、奈津子さんとはいろんなことしたから嫌じゃないんだけど、山内くんが大人の方が好きなんじゃないかと思って……」

「そんなことないよ。亜以ちゃんが、この世でいちばん好き」

言うと、亜以も安心したように、嬉《うれ》しげに笑みを浮かべて頷いた。

「バイトを終えて東京へ帰ったら、すぐメールするから会おうね」

「ええ……、ママも当分こっちだから、うちのマンションに遊びに来て」

「うん、そうしたら、制服を着てくれる？」

「学校で年中見ているのに」

「亜以ちゃんの制服姿が好きなんだ」

「着てるときに、してみたい？　エッチね……」

亜以が言い、仲司は朝立ちの勢いもあって激しく興奮してきた。

唇を重ねると、亜以も目を閉じて彼の舌の侵入を受け入れ、チロチロと蠢かせてくれた。

仲司も執拗に舌をからめ、美少女の滑らかな唾液のヌメリを味わいながら、彼女のパジャマのボタンを外し、乳房に手を這わせていった。

「アア……」

亜以が感じて喘ぎ、彼は可憐《かれん》な口に鼻を押し込んで嗅いだ。寝起きのため、甘酸っぱい果実臭が濃厚に鼻腔を刺激し、仲司は胸を満たしながら、指の腹でクリクリと乳首をいじった。

彼女もまた、奈津子との３Ｐだけでなく、東京へ帰る前に仲司と二人きりになりたかったのだろう。

ようやく顔を移動させ、彼はパジャマを左右全開にさせた。

ピンクの乳首にチュッと吸い付いて舌で転がすと、パジャマの内側には、一夜分の甘ったるい汗の匂いが生ぬるく籠もっていた。

「ああ……、いい気持ち……」

亜以が、隣室を慮《おもんぱか》ってか細く喘ぎ、クネクネと身悶えはじめた。

伸司は左右の乳首を交互に含んで舐め回し、顔中で張りのある膨らみを味わった。そして乱れたパジャマに潜り込み、ジットリ汗ばんだ腋の下にも鼻を埋めて匂いを貪った。

徐々に肌を舐め下りながら、下着ごとズボンを引き脱がせると、亜以も腰を浮かせて彼の作業を手伝った。

下半身を丸出しにさせると、伸司も全て脱ぎ去り、全裸で彼女の股間に顔を埋め込んでいった。

柔らかな若草に鼻を擦りつけて嗅ぐと、ここも生ぬるい一夜分の汗の匂いが甘ったるく籠もって鼻腔を刺激してきた。

割れ目内部を舐めると、驚くほどそこは大量の愛液が生ぬるく溢れ、淡い酸味とともに舌の動きをヌラヌラと滑らかにさせた。

膣口の襞を搔き回し、味わいながらクリトリスまで舐め上げていくと、

「アア……！」

亜以がビクッと顔を仰け反らせて喘ぎ、内腿でムッチリと彼の顔を挟み付けてきた。

伸司も腰を抱え、チロチロと舌先で弾《はじ》くようにクリトリスを愛撫《あいぶ》しては、新たに溢れてくるヌメリをすすった。

さらに彼女の両脚を浮かせ、尻の谷間に鼻を埋め込んで嗅いだが、蕾は淡い汗の匂いが籠もっているだけだった。舌を這わせて襞を濡らし、ヌルッと潜り込ませて粘膜を探ると、

「そ、そこはいいわ。今度は私が……」

肛門は少し苦手なようで、亜以が言って身を起こしてきた。

伸司も股間から離れて仰向けになると、すぐにも彼女が大股開きになった彼の股間に腹這い、可憐な顔を寄せてきた。

そして陰嚢をヌラヌラと舐めて熱い息を籠もらせ、屹立した肉棒の裏側をゆっくり舐め上げてきた。

尿道口をチロチロと舐めてから張り詰めた亀頭を咥《くわ》え、そのままスッポリと喉の奥まで呑み込んでいった。

仲司は寝しなに美緒と濃厚なセックスをし、そのままシャワーも浴びずに寝てしまったが、別に亜以は残り香などには気づいていないようだった。

「ンン……」

深々と頬張って呻き、熱い息で恥毛をそよがせながら、彼女は幹を丸く締め付けて吸い、口の中ではクチュクチュと舌をからめてきた。

「ああ、気持ちいい……」

仲司も快感にうっとりと喘ぎ、美少女の口の中で生温かな唾液にまみれたペニスをヒクヒク震わせた。

さらにズンズンと股間を突き上げると、彼女も懸命に顔を上下させ、濡れた口でスポスポと強烈な摩擦を繰り返してくれた。

「も、もういい、いきそう……」

やがて彼が言うと亜以がチュパッと口を引き離し、どうしてよいか訊くように顔を上げて仲司を見た。

「上から跨いで入れて……」

言って手を引っ張ると、彼女も前進してペニスに跨がってきた。

昨日の今日だから、またナマの中出しで大丈夫だろう。

先端に膣口をあてがい、亜以は息を詰めてゆっくり腰を沈み込ませ、ヌルヌルッと滑らかに根元まで受け入れていった。

「あう……」

ビクッと顔を仰け反らせて熱く呻き、彼女は完全に座り込んでピッタリと股間を密着させてきた。

伸司も両手を回して彼女を抱き寄せ、僅かに両膝を立てて尻を支えた。

また下から顔を引き寄せて唇を重ね、ぷっくりした弾力を味わい、生温かな唾液に濡れて蠢く舌を舐め回した。

「唾を出して、いっぱい……」

言うと、亜以も懸命に分泌させ、小泡の多い生温かな粘液をトロトロと口移しに注ぎ込んでくれた。

伸司は、この世で最も綺麗な液体を味わい、うっとりと喉を潤した。

「口を開けて、下の歯を僕の鼻に引っかけて……」

さらに言うと、亜以は恥ずかしげに息を震わせながらも、言われるまま口を開き、下の可愛い歯並びを彼の鼻の下に当ててくれた。

「もっと大きく口を開けて」

言いながら吸い込むと、美少女の口の中の果実臭が濃厚に鼻腔を刺激し、うっとりと胸に沁み込んできた。

「ああ、この匂いがこの世でいちばん好き……」

嗅ぎながら言うと、亜以はまた羞《は》じらいながらも熱く息を弾ませ、彼の鼻の穴を湿らせた。

彼女本来の甘酸っぱい匂いに、乾きかけた唾液の香りと、下の歯の裏側の淡いプラーク臭も入り交じり、実に悩ましく彼の鼻腔を掻き回してきた。

伸司は胸を満たしながらズンズンと股間を突き上げはじめると、大量に溢れた愛液が動きを滑らかにさせ、すぐにもクチュクチュと淫らに湿った摩擦音を響かせてきた。

「アア……、い、いい気持ち……」

下から突かれながら、亜以が熱く喘いだ。そして合わせて腰を遣い、次第に互いの動きがリズミカルに一致していった。

「舐めて……」

高まりながら言うと、亜以も息を弾ませながら舌を伸ばし、彼の鼻の頭をヌラヌラと舐め回してくれた。

「い、いく……！」

たちまち限界となり、彼は呻きながら激しく昇り詰めてしまった。

大きな快感とともに、ありったけの熱いザーメンをドクンドクンと勢いよくほとばしらせ、柔肉の奥深い部分を直撃すると、

「き、気持ちいい……、アアーッ……！」

亜以も噴出を受け、声を上ずらせながらガクガクと狂おしい痙攣を繰り返したのだ。

膣内の収縮もキュッキュッと高まり続け、どうやら彼女は一人前に、膣感覚のオルガスムスが得られたようだった。

自分が女にしたという喜びも快感に加わり、伸司は激しく股間を突き上げながら快感を嚙み締め、心置きなく最後の一滴まで出し尽くしていった。

満足しながら突き上げを弱めていくと、

「ああ……」

亜以も声を洩らし、肌の強ばりを解きながら力を抜いて、グッタリと彼に体重を預けてきた。伸司も重みと温もりを感じ、まだ息づく膣内でヒクヒクと幹を過敏に震わせた。

「いっちゃった？」

「い、今の何……、溶けてしまいそうに気持ち良かったわ……」

訊くと、亜以が未知の快感に戦《おのの》くように、息を震わせて答えた。

これで亜以は、奈津子の激しい絶頂反応も納得したことだろう。

「これから、もっともっと気持ち良くなると思うよ」

伸司は答え、美少女の甘酸っぱい息を間近に嗅ぎながら、うっとりと快感の余韻を味わったのだった。

やがて呼吸が整わないまま、亜以がそろそろと股間を引き離してゴロリと横になった。

伸司はティッシュを手にして手早くペニスを拭い、亜以の割れ目も手探りで拭いた。

「アア……、まだ震えが治まらないわ……」

亜以は触れられてビクッと反応し、いつまでも息を震わせていた。

すっかり東の空が明るくなっていたが、伸司はそのまま目を閉じ、もう一眠りしてしまった。

そして目を覚ましたときは、もう亜以の姿はなかったのである。

彼女は皆が起き出す前に部屋を抜け出し、また階下の寝室に戻ったのだろう。

伸司もすっきりと目覚めて起き、二階のトイレに入ってから部屋に戻って着替え、階下に降りていった。

「おはよう」

すると亜矢子が言い、亜以も起きて着替えており、間もなく二階からも主婦たちが降りてきたのだった。

第六章　念願の美熟女との一夜

1

「じゃ、今日は亜以が東京へ帰るけど、私も一緒に行って一泊して、明日戻りますから、お留守番よろしくね」

朝食のあと、亜矢子が伸司に言い、やがて母娘《おやこ》は屋敷を出て行った。

亜以はそのまま東京にいて、亜矢子は家の用事だけ済ませてから、明夕には戻るようだ。

伸司はキッチンの後片付けと部屋の掃除をし、もうすっかり慣れて洗濯もして干し終えた。

そして軽く昼食を終えると、一人の留守番かと思ったが、主婦たちがどんどん集まってきたのである。

まるで、亜矢子が不在で伸司一人と知っていたかのようだ。

伸司にとって最初の女性である、メガネ美女で巨乳の百合子。ボーイッシュで逞《たくま》しい奈津子に、母乳妻の君枝。そして若妻の美緒に咲江も集まり、伸司がここへ来た初日の五人が顔を揃《そろ》えたのだった。

「五人でランチに集まって、それから来たのよ」

「でも亜矢子さんは出かけてしまったみたいね」

主婦たちがソファに座り、彼を取り囲んで口々に言った。

「ええ、亜以ちゃんと東京へ行って、今日は帰らないようです」

「そうなの、じゃキッチンを借りてみんなで夕食を作りましょう」

伸司が答えると、暇を持て余している主婦たちが言い、それでもまだ日も高いので、仕度などに立つものはいなかった。

「ね、伸司くん、この中で誰がいちばん好き？」

伸司の隣に座った百合子が身体《からだ》をくっつけるようにして囁《ささや》くと、全員が彼を注目してきた。

この中でと言われると、最初に教えてくれたメガネ美女の百合子と答えたいのだが、それぞれが魅力的で、みんなに快楽を与えてもらったので、一人の名を言うわけにいかなかった。

確かに、誰もが綺麗《きれい》だし、彼は全員に感謝しているのである。

「そ、それは、みんな好きです……」

「まあ、優等生の答えね。でも、みんなタイプが違うでしょう」

「でも、みんな違ってみんないいです」

伸司は、五人の熱い視線を受けてモジモジと答えた。

さすがに五人に囲まれていると、吸い込む空気にも全て美女のナマのフェロモンが含まれていた。

「まるで金子みすゞの詩ね。じゃみんなでしちゃいましょうか」

「待って、嫌がるといけないから、ここへ寝かせて反応を見ましょう」

一人が言うと、席を立った何人かが真ん中のテーブルを移動させた。

そこへ一人がビーチで使うイカダ型のビニールクッションを持ってきて敷き、それを囲むように、三人掛けのソファと一人掛けのソファを二つ置いた。

「じゃ、脱いでここに寝てね」

言うなり、戸惑っている伸司のシャツとズボンを、周囲の主婦たちが引き脱がせにかかってしまった。

「うわ……」

伸司は、まるでいじめっ子のスケバンにでも引き剝《む》かれるように、たちまち全裸にされてクッションに仰向《あおむ》けにされた。

「まだ勃《た》ってないわね。でも観察していましょう」

誰かが言うと、五人はそれぞれの位置のソファに座って真ん中の伸司を見下ろした。

最年長は三十二歳の百合子で、女教師だからリーダー格。次いで三十歳の母乳妻である君枝、そして二十八歳のスポーツウーマン奈津子、あとは新婚の若妻で二十五歳の美緒と、二十一歳の咲江だった。

誰もが好奇心と欲望に目をキラキラさせ、誰一人醒《さ》めた表情をしているものはいない。

奈津子と亜以との３Ｐも興奮したが、全員が年上の主婦となると、その熱い視線と肌の熱気に、さすがに緊張に萎えていたペニスも徐々にムズムズと反応しはじめてしまった。

しかも全員がホットパンツだから、健康的でニョッキリした脚が十本も彼の方に突き出され、顔を寄せるまでもなく蒸れた匂いが漂っていた。

だが、こんな人数で淫らな気持ちになれるものなのだろうか。

それともランチしながら、実は伸司を抱いたというような話を誰かがして、私も私もという展開になり、それなら全員で戯れようということになったのかも知れない。

「なんか、美少年版の女体盛りでもする感じね」

「身体におつまみを載せようかしら」

「あ、少しずつ勃ってきたみたい……」

会話と視線だけで、彼自身は少しずつ鎌首を持ち上げはじめてしまった。

やはり羞恥より、すでに知っている全員の感触や匂いが思い出され、頭より先にペニスが反応しはじめているのだろう。

しかも、まだ全員が着衣だから、なおさら見世物にされているような、ゾクゾクする興奮が湧いた。

「伸司くん、足好きよね。乗せてもいい？」

やはり百合子が言い、率先して彼の肌に両足の裏を乗せてきた。

もう彼の性癖を指摘する以上、関係があることは周知のようだった。

すると、他の四人も順々に生温かな足裏を彼に乗せてきたのである。

仰向けの彼の右側に三人、左側から二人だ。まるでアマゾネスにでも捕らえられ、生《い》け贄《にえ》にされているような気分だった。

「ああ……」

伸司は、五人分の足裏を胸や腹、太腿《ふともも》に感じて喘《あえ》いだ。

「か、顔にも……」

「まあ、すごく勢いよく勃ってきたわ……」

思わず言うと、彼は自分でも分かるほどピンピンに勃起していった。

「顔を踏むのは可哀想《かわいそう》だけど、こんなに望んで悦《よろこ》んでいるから」

顔の方に座っている二人が、言いながら足裏を彼の頬に移動させてきた。

伸司は蒸れた指の股に鼻を割り込ませて嗅ぎ、舌も這《は》わせてしまった。

「あん、くすぐったいわ……」

若い声だから、咲江であろうか、彼女が声を震わせた。

皆入浴は昨夜で、今日も朝から動き回ってきたのだろう。

すると別の一人が、とうとう足裏でペニスをコリコリと愛撫《あいぶ》してきたのだ。

「ああ……、気持ちいい……」

仲司はムレムレの爪先をしゃぶりながら、足裏の刺激に幹を震わせて喘いだ。

「出しちゃうと勿体《もったい》ないわよ。ペニスに触れるのは、しばらくナシにしない？」

「ね、私たちも脱いじゃいましょう」

誰かが言うと、いったん彼の肌から足を離して立ち上がり、ためらいなく全員がてきぱきと脱いでしまった。

再び全裸でソファに座ったが、革張りなので愛液が沁《し》み込む心配もない。

モジモジと見上げると、巨乳揃いなので、その眺めは何とも壮観であった。

「ね、舐《な》めてくれるかしら」

百合子が言い、仲司が興奮に朦朧《もうろう》としながら頷《うなず》くと、すぐにも彼女が立ち、彼の顔に跨《また》がってしゃがみ込んできた。

「わあ、やっぱり年齢順かしら。待ちきれないわね」

咲江が言い、美緒と一緒に彼の両の爪先をしゃぶってくれた。

それより仲司は、目の前いっぱいに広がるムッチリした内腿と、濡《ぬ》れはじめている割れ目に目を奪われていた。

豊満な腰がさらに迫ると、黒々と艶のある茂みが彼の鼻を覆ってきた。

隅々には、生ぬるく甘ったるい汗の匂いと、ほのかな残尿臭、そして愛液の生臭く蒸れた成分も入り混じり、悩ましく彼の鼻腔《びこう》を刺激してきた。

舌を挿し入れ、淡い酸味のヌメリをすすりながら、息づく膣口《ちつこう》の襞《ひだ》からツンと突き立ったクリトリスまで舐め上げると、

「アアッ……、いい気持ち……」

同性が多くいるのに気にならないように、百合子が熱く喘いだ。

その間も、咲江と美緒が彼の足指をしゃぶり、指の股にヌルッと舌を挿し入れて蠢《うごめ》かせていた。

さらに君枝と奈津子も、彼の左右の乳首に吸い付いて舌を這わせ、熱い息で肌をくすぐりながら軽く歯も当ててくれた。

伸司は3Pでも夢のようだったのに、五人がかりで貪られると、こんな経験は一生に一度きりだなと自覚した。

百合子も、皆がいるというのにトロトロと大量の愛液を溢《あふ》れさせ、舌の動きを滑らかにさせた。

もちろん彼は充分に割れ目の味と匂いを貪ってから、白く豊満な尻の真下にも潜り込み、顔中に双丘を受けながら谷間の蕾《つぼみ》に鼻を押し付けた。

ピンクの蕾にも淡い汗の匂いと、秘めやかな微香が籠もり、嗅ぐたびに悩ましい刺激が鼻腔に広がってきた。

顔中で豊かな尻の丸みを味わいながら舌を這わせ、襞を濡らしてヌルッと潜り込ませると、

「あう……！」

百合子が呻《うめ》き、キュッと肛門《こうもん》で彼の舌先をきつく締め付けてきた。

2

「ね、そろそろ交代よ」

二番手の君枝が言って、ようやく百合子が息を弾ませながら伸司の顔から股間を引き離した。

ためらいなく君枝も跨がり、和式トイレスタイルでしゃがみ込むと、また伸司の鼻先に、ボリューム満点の美熟女の股間が迫った。

陰唇が開き、光沢を放ってツンと突き立つクリトリスと、息づく膣口から母乳に似た白濁の粘液が滲《にじ》んでいるのが見えた。

茂みに鼻を埋《うず》めて嗅ぐと、さらに汗の匂いが濃厚に感じられ、オシッコの匂いはほんの少しだった。

伸司は匂いを貪りながら舌を這わせ、生温かく淡い酸味のヌメリをすすり、クリトリスに吸い付いていった。

「あう、気持ちいい……！」

君枝が呻き、思わずギュッと股間を彼の鼻と口に押しつけてきた。

チロチロと舐め回してから尻の真下に潜り込み、同じように双丘の谷間に迫った。レモンの先のように突き出た肛門には、やはり秘めやかな匂いが籠もり、悩ましく鼻腔を刺激した。

彼は充分に嗅いでから舌を這わせ、同じようにヌルッと潜り込ませて滑らかな粘膜を探った。

「く……、もっと……」

君枝がモグモグと肛門を締め付けて呻いたが、間もなく奈津子に交代させられてしまった。あとのものほど待ち遠しく、交代のサイクルがやや早まってきたようだ。

奈津子がしゃがみ込むと、彼は茂みに籠もる匂いを貪り、舌を這わせていった。

待っている間にも期待に大量の愛液が溢れているようで、すぐにも舌の動きが滑らかになり、彼は膣口から大きめのクリトリスまで舐め上げていった。

「アァッ……！　いい……」

奈津子も引き締まった腹筋をヒクヒクさせながら喘ぎ、彼の口にトロトロと生ぬるい愛液を垂らしてきた。

仲司は充分にすすり、悩ましい匂いを堪能《たんのう》してから尻の谷間に移動した。

顔中に双丘を密着されながら蕾に籠もった匂いを貪り、舌を這わせてヌルッと潜り込ませた。

そしてまた交代し、美緒の味と匂いを前も後ろも味わってから、最年少の咲江の股間を堪能し尽くした。

皆、基本は似たような汗と残尿臭だが、さすがに五人連続となると微妙な違いも分からなくなり、とにかく異なる割れ目と肛門を味わい続けるのは夢のような体験であった。

「そろそろしゃぶりたいわね。どうか我慢してね」

百合子が言い、先端にチロチロと舌を這わせてきた。

「ああ……」

伸司は、股間に熱い息を受けながら快感に喘いだ。

すると彼の両脚を浮かせて君枝が肛門を舐めてくれ、さらに残った人も割り込むように彼の陰嚢《いんのう》をしゃぶってくれたのである。

それがローテーションするように、伸司は順々に違う温《ぬく》もりと感触の口腔に根元まで含まれ、クチュクチュと舌に翻弄されながら温かな唾液にまみれ、ヒクヒクと幹を震わせた。

「ああ、いきそう……」

股間に五人分の熱い息を受け、ペニスも陰嚢も肛門も、全てを念入りにしゃぶられながら伸司は弱音を吐いた。

「じゃ、私からいいかしら。すぐいっちゃうから、なるべく次に回してあげて」

百合子が言って女上位で跨がり、混じり合った唾液にまみれた亀頭を、ヌルヌルッと膣口に受け入れて座り込んできた。

「アアッ……！」

根元まで納めた百合子が、股間を密着させて喘いだ。

伸司も、温かく滑らかな肉襞の摩擦と締め付けに絶頂を堪《こら》え、何とか次に回せるよう奥歯を嚙《か》み締めた。

「い、いっちゃう……！」

百合子が股間を擦《こす》り付けて喘ぎ、息を弾ませながら徐々に本格的に腰を遣いはじめた。

やはり多くの同性に見られていると、羞恥や気後れよりも逆に興奮と快感が増すものかも知れない。男だったら、同性がいたらとても勃起しないだろうが、女性は受け身だから大丈夫なのだろう。

愛液も大量に溢れてクチュクチュと鳴り、百合子の熟れ肌がガクガクと痙攣《けいれん》を起こしはじめた。

「気持ちいいわ……、アアーッ……！」

百合子は顔を仰《の》け反《ぞ》らせて巨乳を揺すり、皆が固唾《かたず》を呑《の》んでいる中でオルガスムスに達してしまった。

膣内の収縮にも彼は何とか耐え、やがて百合子がグッタリとなった。

すぐにも彼女は股間を引き離してゴロリと横になると、すかさず君枝が跨がって、百合子の愛液にまみれたペニスを膣口に受け入れて座り込んだ。

「アアッ……！」

君枝も顔を仰け反らせて喘ぎ、股間を密着させてキュッときつく締め上げた。

百合子と違う温もりと感触を味わい、伸司も懸命に肛門を締め付けて暴発を堪えた。

しかし君枝が覆いかぶさり、

「おっぱい飲んで……」

胸を突き出して乳首をつまみ、ポタポタと生ぬるい母乳を滴らせてきたのである。それを舌に受けて味わい、甘ったるい匂いに包まれると、もう我慢しきれなかった。

「い、いっちゃう……！」

伸司は口走りながらズンズンと股間を突き上げ、とうとう君枝の膣内で昇り詰めてしまった。熱い大量のザーメンをドクンドクンと勢いよく内部にほとばしらせると、

「いく……、ああーッ……！」

噴出を感じた途端に君枝もオルガスムスに達してしまい、声を上ずらせながらガクガクと狂おしく全身を揺すった。

「すごいわ、母乳の力ね……」

「あとでいっぱい飲ませれば、それがザーメンにならないかしら……」

息を呑んで見守っていた美緒と咲江が囁き合い、やがて伸司は下降線をたどりつつある快感を惜しみながら、最後の一滴まで出し尽くしてしまった。

グッタリと身を投げ出すと、

「アア……、良かったわ……」

君枝も満足げに声を洩《も》らし、グッタリともたれかかり、すぐにゴロリと横になっていった。

すると奈津子が屈《かが》み込み、まだザーメンに濡れている亀頭にしゃぶり付き、執拗《しつよう》に舌を這わせて吸い付いてきた。

「あう……」

伸司は過敏に反応しながら、腰をよじって呻いた。

「ね、どうしたら回復する?」

「オッパイが好きなの?　ミルクは出ないけど」

美緒と咲江が左右から迫って言い、彼の顔に柔らかな乳房を押し付けてきた。

伸司も荒い息遣いを繰り返しながら、無意識に乳首に吸い付き、顔中で膨らみを味わった。

すると混じり合った体臭が鼻腔を満たし、その刺激が股間に伝わった。

「ンン……」

反応を悦ぶように奈津子が熱く鼻を鳴らし、舌の動きを活発にし、急激に回復してくるペニスをしゃぶり続けてくれた。

伸司は順々に乳首を含んで舐め回し、さらに腋《わき》の下にも鼻を埋め込んで生ぬるく甘ったるい汗の匂いに包まれた。

すると、済んでいる百合子と君枝まで彼に胸を突き出し、乳首を吸わせ、濃厚な汗の匂いを好きなだけ嗅がせてくれたのである。

君枝の母乳も吸って喉を潤し、とうとう最短時間で彼は、奈津子の口の中でピンピンに勃起してしまった。

「すごいわ、もう入れられる」

スポンと口を離した奈津子が言って身を起こし、すぐにも跨がり、濡れた膣口にヌルヌルッと納めていった。

「アア……、すごいわ、奥まで届く……」

奈津子が完全に座り込み、キュッキュッと味わうように締め付けながら、自分も身を重ね、左右の乳首を交互に彼の口に押し付けてきた。

伸司も含んで舐め回し、奈津子の体臭にも包まれて幹を震わせた。

そして全員の乳首を味わい、腋の匂いに噎《む》せ返りながら気持ちも回復すると、奈津子が容赦なく腰を遣いはじめた。

幸い伸司は勃起しているものの、すぐ暴発する様子もないので、少しは安心だった。

すると奈津子が、股間をしゃくり上げるように擦って動かし、膣内の収縮を活発にさせていったのだった。

3

「い、いく、気持ちいい……、アアーッ……！」

奈津子が顔を仰け反らせて喘ぎ、ガクガクと狂おしいオルガスムスの痙攣を開始した。

もちろん伸司は射精することもなく、勃起を保ったまま彼女の嵐が過ぎ去るのを待つことが出来た。

やがて奈津子がグッタリとなると、荒い息遣いのまま股間を離して横になっていった。すると美緒が跨がり、ヌルヌルッと一気に挿入してきたのだった。

「ああ……、すごい……」

美緒も顔を仰け反らせて喘ぎ、熱く濡れた柔肉をきつく締め付けてきた。

伸司も快感を味わいながら幹を震わせ、仰け反って喘ぐ美しい顔に興奮を高めていった。

皆早い絶頂で、それが連鎖するように、誰もが長引かず早々と昇り詰めてくれた。

「いく……！」

何度か動いただけで美緒も昇り詰めて呻き、ヒクヒクと肌を震わせ、粗相したように大量の愛液を漏らしながらグッタリとなっていった。

伸司も充分に高まってしまい、残る一人でもう一回果てそうだった。

美緒が精根尽き果てたように身を離すと、最後に咲江が身を起こし、四人分の愛液を吸ったペニスに跨がってきた。

そして咲江は根元までペニスを納めると身を重ね、上から唇を重ねてきたのである。

伸司も舌をからめ、甘い吐息に酔いしれながら唾液をすすり、ズンズンと股間を突き上げはじめてしまった。

「わあ、私まだキスしてないわ……」

すると、済んでいる四人も顔を寄せてきては、交互に彼に唇を重ね、ネットリと舌をからめてきたのである。

その五人分の吐息と唾液に、彼の絶頂は急激に早まってきたが、他の例に漏れず咲江もすぐ昇り詰めそうなほど腰を遣い、収縮を高めていった。

「ね、唾飲みたい……」

伸司が言うと、皆分かっているように、口に唾液を溜《た》めて順々に顔を寄せ、開いた彼の口にトロリと吐き出してくれたのである。

伸司は、五人分の生温かく粘り気ある唾液を味わい、うっとりと喉を潤した。

「顔中もヌルヌルにして……」

さらにせがむと、五人は彼の顔中にヌラヌラと舌を這わせ、唾液にまみれさせてくれた。

五人の吐息は熱く湿り気があり、花粉のように甘く、あるいは果実のように甘酸っぱく、時にガーリックやオニオンの刺激も淡く混じり、悩ましく彼の鼻腔でミックスされて胸に沁み込んでいった。

「い、いく……！」

とうとう伸司は、五人の美女の唾液と吐息に包まれ、咲江の肉襞の摩擦の中で昇り詰めてしまった。

激しい快感とともに、ありったけの熱いザーメンがドクンドクンとほとばしり、柔肉の奥深い部分を直撃すると、

「いいわ……、ああーッ……！」

噴出を受けた咲江も、あっという間にオルガスムスに達してガクガクと狂おしい痙攣を繰り返した。

伸司も、連続の射精ながら快感も量も多く、心ゆくまで快感を嚙み締めながら最後の一滴まで出し尽くしていった。

そして突き上げを止めると、まだ収縮する膣内でヒクヒクと幹を震わせ、顔を寄せている五人の悩ましい息を嗅ぎながら、うっとりと快感の余韻に浸り込んでいったのだった……。

――六人でバスルームに行き、身体を洗い流してから、彼女たちは運んできたイカダクッションに伸司を仰向けにさせた。

「どうしてほしいの？」

「オ、オシッコかけて……」

仲司はまたもやムクムクと回復しながら、羞恥と期待に胸を震わせて言った。

美女が五人もいると、快復力も五倍のようだった。

それにしても、一人一人が超美女なのだから単独でデートしてさえ夢のようなのに、それを五人いっぺんに相手にするというのは贅沢《ぜいたく》というより、実に勿体ないことであった。

「まあ、出るかしら……、男なら連れションというのがあるけど、女は連れだってもみんな個室なのに……」

百合子は言ったが、それでも立ち上がり、尿意を高めるように息を詰めた。

「目に入るといけないわね。これ使って」

咲江が、バスルームの棚にあった水泳用のゴーグルを渡して掛けてくれた。

そして五人が、皆立って仰向けの彼を取り囲み、股間を突き出してきたのである。

全裸の美女が立ち、巨乳を揺すりニョッキリした脚でスックと立ち、割れ目を見せている様子も実に壮観だった。

「ああ、出そう……」

「待って……」

彼女たちは囁き合い、早い者勝ちといった感じで早く済ませようと懸命に力んだ。一人残ると、ますます出にくくなってしまうだろう。

すると、やはり真っ先に百合子がチョロチョロと熱い流れをほとばしらせてきた。それを顔に受け、匂いと味わいに胸を震わせると、彼女たちは次々と放尿をはじめたのである。

温かな滝に打たれている心地《ここち》で、混じり合った匂いが艶《なま》めかしく伸司を酔わせた。もちろん口にも受け、彼は悩ましい味わいで喉を潤し、完全にペニスも元の硬さと大きさを取り戻してしまった。

「ああ、変な気持ちだわ……」

「夢でも見ているみたい……」

彼女たちが、ゆるゆると放尿しながら息を弾ませ、やがて順々に流れを治めていった。ポタポタ滴る雫《しずく》に新たな愛液が混じり、ツツーッと糸を引かせているものもいる。

「舐めさせて……」

伸司がゴーグルを外して言うと、また順々に顔にしゃがみ込んでくれた。

まだ温かな雫の残る割れ目を順々に舐め回し、残り香を味わいながら五人分味わうと、また彼は射精したくなってきてしまった。

しかし全員でもう一度シャワーを浴び、身体を拭くと、そろそろ日も傾きはじめたので、いったん休憩とし、彼女たちは身繕いして夕食の仕度に取りかかったのだった。

やがて六人で夕食をし、暗くなるとまた全裸になり、今度は伸司の部屋のベッドで戯れた。

彼も、もう何度射精し、誰と交わったかという順番すら分からなくなって、結局いつの間にか深い睡《ねむ》りに落ちていったのである……。

——翌日は、伸司は昼まで眠り続け、起きたときはすっかり回復していた。

そして六人でブランチを済ませると、彼女たちは各部屋を掃除して私物を運んで車のトランクに入れ、洗濯とキッチンの洗い物を完了した。

どうやら、今回の連日のパーティも終わったようで、伸司も東京へ帰るのが近くなっているようだ。

そこへ、亜矢子が帰宅してきた。

「どうもお世話になりました。毎日楽しかったわ」

「ううん、まだ夏は長いから、また集まって下さいね」

亜矢子が皆に答え、やがて五人は二台の車に分乗して帰っていった。彼女たちも主婦として、そうそう家庭を放っておくわけにもいかないのだろう。

（とうとう綺麗なママと二人きりに……）

伸司は胸をときめかせて思った。当然ながら、ゆっくり寝て淫気も気力もすっかり元通り以上になっている。

「じゃ、伸司くんも明日東京へ帰るといいわ」

亜矢子が言い、過分なバイト料を渡してくれた。

「こんなに？　僕もすっかりお世話になったのに」

「ううん、いいのよ。それよりまた来てもらうかも知れないから」

「ええ、いつでも言って下さい」

伸司は答え、やがて二人で軽く夕食を済ませると、亜矢子も自分で洗い物を終えた。

（何とか、彼女が入浴する前に……）

彼は、亜矢子のナマの匂いを求めて期待した。

すると、彼女が言ってきたのだ。

「今夜、私のお部屋で一緒に寝る？　二人だけなのだから」

「ほ、本当ですか。僕も二階に一人だと寂しいので」

伸司は答え、この夢のような日々の、最後の一夜に激しく期待して胸と股間を熱くさせたのだった。

4

「じゃ、急いでシャワー浴びてきますからね」

「あ、あの、どうか今のままで……」

亜矢子が言うので、当然ながら伸司は追い縋《すが》るように言った。

「まあ、どうして？」

「僕、どうしても女の人の自然のままの匂いが知りたいので、お願いします」

伸司も、この数日に多くの人妻を知ったものだから、亜矢子も当然ながらさせてくれるという前提で言ってしまっていた。

そして亜矢子も、充分すぎるほどその気になっているようだった。

「ゆうべお風呂に入ったきりで、今日は朝からあちこち動き回っていたのよ」

「そ、その方が嬉《うれ》しいので、どうかシャワーは後回しにしましょう」

「そう……、どうしてもと言うなら構わないけれど……」

亜矢子も頷き、やがて彼を誘って寝室に入っていった。

すぐにも彼女が脱ぎはじめたので、伸司も手早く全裸になって先にベッドに横になった。

亜矢子も、もう彼が何人もの人妻と戯れたことぐらい察しているだろう。

何しろ伸司以上に、以前から彼女たちの性格と、欲求不満であることも熟知しているのだ。

しかし亜矢子は、誰としたの、というようなことは一切訊《き》かず、たちまち一糸まとわぬ姿になって添い寝してきてくれた。

「ああ、嬉しい……」

伸司は彼女の右側から密着し、甘えるように腕枕してもらいながら言った。

体験した女性の中では最年長、三十代最後の年に入っている美熟女の柔肌からは、生ぬるく甘ったるいミルク系の体臭が漂っていた。

目の前では、他の誰よりも豊かな巨乳が艶めかしく息づいている。

伸司はジットリ湿った腋の下に鼻を埋め込み、濃厚な汗の匂いを貪りながら、膨らみに手を這わせていった。

「ああ……、汗臭いでしょう。そんなに嗅がないで……」

亜矢子が小さく言い、乳首をいじられてビクリと熟れ肌を震わせた。

「とってもいい匂い……」

うっとり嗅いで言いながら、彼はスベスベの腋を舐め回し、乳首へと移動していった。

チュッと吸い付いて舌で転がし、もう片方も揉《も》みしだくと、

「アア……、いい気持ち……」

亜矢子がクネクネと身悶《みもだ》えて喘ぎ、彼の顔をギュッと抱きすくめてきた。

顔中がメロンほどもある膨らみに埋まり込み、伸司は心地よい窒息感に噎せ返り、夢中で舌を動かした。

充分に味わってから、もう片方の乳首を含んで舐め回し、顔中で柔らかな巨乳を味わうと、彼は滑らかな熟れ肌を舐め下りていった。

白く張りのある腹部に顔を押し付けると心地よい弾力が感じられ、形良い臍《へそ》を舐めてから下腹に移動した。

もちろん股間は後回しにし、伸司は豊満なラインを描く腰からムッチリと量感ある太腿に舐め下りた。

「ああ……」

亜矢子は熱く喘ぎ続け、どこに触れてもビクッと反応しながら、されるまま身を投げ出してくれていた。

伸司は膝小僧を舐め、軽く歯を当て、体毛もないツルツルの脛《すね》から足首まで下り、足裏に回り込んだ。踵《かかと》から土踏まずを舐め、指の間に鼻を押し付けると、やはりそこは汗と脂に生ぬるくジットリと湿り、蒸れた匂いが濃厚に沁み付いて鼻腔を刺激してきた。

美熟女の足の匂いで胸を満たしてから爪先にしゃぶり付き、順々に指の股に舌を割り込ませてゆくと、

「あう、ダメよ、汚いから……」

亜矢子もビクッと脚を震わせ、驚いたように呻いた。

伸司は貪り尽くすと、もう片方の足指も味と匂いを心ゆくまで堪能し、やがて彼女をうつ伏せにさせた。

亜矢子も素直に寝返りを打ち、白い背中と豊かな尻を見せた。

彼は踵からアキレス腱《けん》を舐め上げ、脹《ふく》ら脛《はぎ》から汗ばんだヒカガミ、張りのある太腿から尻の丸みをたどっていった。

腰から滑らかな背中を舐めると肌は汗の味がし、伸司は味わいながら肩まで行き、髪に鼻を埋めて甘い匂いを貪った。

汗の匂いに蒸れた耳の裏側も嗅いで舌を這わせると、また彼はうなじから背中を舐め下り、たまに脇腹にも寄り道して、再び尻に戻ってきた。

うつ伏せのまま股を開かせて真ん中に腹這い、双丘に顔を迫らせて指で谷間を開いた。

すると恥じらうように、ピンクの蕾がキュッと閉じられた。

鼻を埋めると、汗の匂いに混じった淡いビネガー臭が蒸れて籠もり、妖しく鼻腔を刺激してきた。

伸司は豊満な双丘に顔中を密着させて匂いを貪り、舌を這わせて襞を濡らし、ヌルッと潜り込ませて滑らかな粘膜を探った。

「く……！」

亜矢子が顔を伏せたまま熱く呻き、キュッと肛門で舌先を締め付けてきた。

伸司は舌を出し入れさせるように蠢かし、やがて顔を離した。

「また仰向けに」

言うと再び亜矢子が仰向けになってくれ、伸司は片方の脚をくぐって股間に顔を迫らせた。

奈津子に言われた順序ではなく、先に肛門を味わってしまったが、自分の唾液で消毒すれば大丈夫だろう。

白く滑らかな内腿を舐め上げて股間に迫り、目を凝らした。

ふっくらした丘には黒々と艶のある恥毛がふんわりと程よい範囲に茂り、肉づきが良く丸みを帯びた割れ目からは、ピンクの花びらがはみ出し、大量の愛液にネットリと潤っていた。

そっと指を当てて陰唇を左右に広げると、ヌルッと指が滑りそうになった。

奥へ当て直して開くと、かつて亜以が産まれ出てきた膣口が、花弁状の襞を入り組ませて息づき、ポツンとした小さな尿道口もはっきり見えた。

包皮の下からは、小豆《あずき》大のクリトリスが真珠色の光沢を放ち、小さな亀頭の形をしてツンと突き立っていた。

「ああ、そんなに見たら恥ずかしいわ……」

亜矢子が、彼の熱い視線と息を感じ、声を震わせて言った。

もう堪《たま》らず、仲司も吸い寄せられるように顔を埋め込んでいった。

柔らかな茂みに鼻を擦りつけて嗅ぐと、隅々には腋に似た甘ったるい汗の匂いが生ぬるく籠もり、それにほのかに蒸れた残尿臭も混じって悩ましく鼻腔を刺激してきた。

舌を這わせ、陰唇の内側に挿し入れていくと、淡い酸味のヌメリが迎え、彼は膣口の襞をクチュクチュ掻《か》き回して味わい、ゆっくりクリトリスまで舐め上げていった。

「アアッ……、い、いい気持ち……！」

亜矢子がビクリと反応して声を上ずらせ、量感ある内腿でムッチリと彼の両頬を挟み付けてきた。

チロチロと舌先で弾《はじ》くように舐めて目を上げると、白く滑らかな下腹がヒクヒクと波打ち、巨乳の谷間から彼女の仰け反って喘ぐ顔が見えた。

仲司はクリトリスに吸い付きながら、指を二本膣口に挿し入れ、さらに左手の人差し指にも愛液を付け、肛門に浅く潜り込ませた。

「あう……、何してるの……」

亜矢子が言ったが、彼は前後の穴に入れた指で内壁を小刻みに擦った。

なおもクリトリスを舐め続け、膣内の天井にあるGスポットあたりも指の腹で圧迫すると、

「ダ、ダメ……、いっちゃう……、アアーッ……！」

亜矢子が声を上ずらせ、たちまちガクガクと狂おしいオルガスムスの痙攣を開始し、潮を噴くように大量の愛液を噴出したのだった。

「た、助けて……、もうやめて……」

彼女が息も絶えだえになって哀願し、グッタリとなった。ようやく伸司も舌を引っ込め、前後の穴からヌルッと指を引き抜いた。

肛門に入っていた指に汚れの付着はなく、爪にも曇りはないが嗅ぐと微香が感じられた。

膣内にあった二本の指の間は膜が張るように愛液にまみれ、攪拌《かくはん》されて白っぽく濁ったヌメリがまつわりついていた。指の腹は湯上がりのようにふやけてシワになり、溢れた愛液はシーツにまで沁み込んでいた。

ハアハア喘いでいる亜矢子の股間から這い出し、伸司は再び添い寝して彼女が平静に戻るのを待った。

愛撫を止めても、彼女の熟れ肌は思い出したようにビクッと震えていた。

「す、すごいわ……、こんなに感じるなんて……」

亜矢子も久々の快感らしく、あっという間に果ててしまったことに驚いているようだ。

伸司は、自分のような覚えたての子供が、こんな熟れた大人の女性を昇り詰めさせたことを誇らしく思ったのだった。

5

「お返しよ、今度は私の番……」

ようやく息を吹き返した亜矢子が言って身を起こし、伸司を大股開きにさせて真ん中に腹這いになってきた。

すると亜矢子は、いきなり彼の両脚を浮かせ、尻に舌を這わせてくれたのである。チロチロと舌が蠢き、ヌルッと潜り込んでくると、

「あう……！」

伸司は申し訳ないような妖しい快感に呻き、美熟女の舌先をキュッと肛門で締め付けた。

亜矢子は熱い鼻息で陰嚢をくすぐり、中で舌を蠢かすと、勃起したペニスが内側から刺激されてヒクヒクと上下に震えた。

ようやく舌が引き抜かれて脚が下ろされると、彼女は陰嚢を舐め回し、二つの睾丸《こうがん》を転がして袋全体を生温かな唾液にまみれさせた。

そしていよいよ肉棒の裏側を滑らかな舌が這い上がり、粘液の滲む尿道口が舐められ、そのままスッポリと根元まで呑み込まれていった。

「アア……、気持ちいい……」

伸司は快感に喘ぎ、亜矢子の口の中で唾液にまみれた幹を震わせた。

「ンン……」

彼女も深々と頬張って熱く鼻を鳴らし、息で恥毛をそよがせながら幹を締め付けて吸った。口の中ではクチュクチュと舌がからみつき、さらに顔を上下させてスポスポと摩擦してくれた。

「い、いきそう……」

伸司が降参するように口走ると、亜矢子もスポンと口を引き離した。

「入れたいわ……」

「どうか、上から跨いで入れて下さい……」

言うと彼女も顔を上げ、前進して伸司の股間に跨がってきた。

唾液に濡れた先端に割れ目を押し当て、ゆっくり腰を沈み込ませながら、ヌルヌルッと滑らかに膣口に受け入れていった。

「アアッ……！」

完全に座り込むと、亜矢子が股間を密着させ、顔を仰け反らせて喘いだ。

伸司も、心地よい肉襞の摩擦と温もり、大量の潤いと締め付けに包まれ、懸命に暴発を堪えて感触を味わった。

彼女は味わうようにキュッキュッと締め付け、何度かグリグリと股間を擦り付けてから、身を重ねてきた。

伸司も両手を回して抱き留め、僅かに両膝を立てて豊満な尻を支えた。

すると上から顔を寄せ、亜矢子がピッタリと唇を重ねてきたのである。

彼は密着する美熟女の唇を味わい、弾力と唾液の湿り気を噛み締めた。

すぐにも舌が潜り込み、伸司も歯を開いて受け入れると、亜矢子の舌は長く、慈しむように彼の口の中を舐め回してくれた。

伸司も舌をからめ、滑らかな蠢きと生温かな唾液のヌメリを堪能し、彼女の鼻から洩れる息を嗅いだ。

ほのかに甘い刺激はあるが淡く、それでも彼がズンズンと股間を突き上げはじめると、

「アア……、いい気持ち……」

亜矢子が唾液の糸を引いて口を離し、熱く喘いだ。その口に鼻を押し付けて嗅ぐと、白粉《おしろい》のように甘い刺激が鼻腔の天井に引っ掛かり、悩ましく胸に沁み込んできた。

伸司は美熟女の息の匂いに激しく高まり、股間の突き上げが止まらなくなってしまった。

彼女も合わせて腰を遣うと、何とも心地よい摩擦とともにクチュクチュと湿った摩擦音も響いてきた。大量に溢れる愛液が彼の陰嚢を濡らし、肛門の方にまで生温かく伝い流れた。

「もっと唾を出して……」

囁くと、亜矢子も懸命に分泌させ、生温かな唾液をトロトロと口移しに注ぎ込んでくれた。彼はうっとりと味わい、心地よく喉を潤した。

「い、いっちゃいそう……」

「私もよ。構わないから思い切りいって……」

許しを乞うように言うと亜矢子も甘い息で答え、収縮を活発にさせてきた。

やはり、さっき指と舌で果てるのと、ペニスを入れて感じる快感は別物のようだった。

伸司も激しく股間を突き上げ、彼女の唇に鼻を擦りつけて、唾液のヌメリと息の匂いに昇り詰めてしまった。

「く……！」

突き上がる大きな絶頂の快感に呻き、伸司はドクンドクンとありったけの熱いザーメンを勢いよくほとばしらせた。

「あ、熱い……、いく……、アアーッ……！」

亜矢子も、噴出を感じた途端にオルガスムスのスイッチが入り、声を上ずらせながらガクガクと狂おしい痙攣を繰り返した。

伸司は膣内の収縮と摩擦の中で心ゆくまで快感を味わい、最後の一滴まで出し尽くしていった。とうとう、亜以の母親とまで交わってしまった感激が、大きく胸に広がった。

満足しながら徐々に突き上げを弱めていくと、

「ああ……」

亜矢子も声を洩らし、熟れ肌の強《こわ》ばりを解きながらグッタリと彼にもたれかかってきた。

伸司は美熟女の重みと温もりを受け止め、完全に動きを止めた。

まだ膣内は名残《なごり》惜しげな収縮を繰り返し、刺激されたペニスがヒクヒクと過敏に内部で跳ね上がった。

そして熱く甘い息を間近に嗅ぎながら、彼はうっとりと快感の余韻に浸り込んでいったのだった……。

——バスルームで全身を洗い流し、亜矢子もようやくほっとしたようだった。

もちろん伸司は床に座り、目の前に彼女を立たせ、片方の足を浮かせてバスタブのふちに乗せさせた。どうしても、この行為をしないと気持ちが治まらないのである。

「どうするの……」

まだ亜矢子は、余韻が醒めやらず朦朧としながら言った。

「オシッコして」

「まあ、そんなことさせたいの……」

亜矢子は驚いて言い、それでもその体勢を崩さず、伸司は開いた股間に顔を埋め込んでいった。

もう恥毛に濃厚だった匂いは籠もっていないが、やはり舐めると新たな愛液が溢れ、舌の動きをヌラヌラと滑らかにさせた。

「ああ……、本当に出すの……？」

亜矢子は声を震わせながらも尿意を高めてくれ、柔肉が迫《せ》り出すように盛り上がり、味わいと温もりが変化してきた。

「あう、出ちゃう……」

やがて亜矢子が彼の頭に両手を乗せて呻き、同時にチョロチョロと熱い流れがほとばしってきた。それを口に受けると、実に匂いも味わいも淡く控えめなもので、彼は嬉々《きき》として喉に流し込んだ。

「ダ、ダメ……」

亜矢子は言ったが、いったん放たれた流れは止めようもなく、勢いを増して彼の口に注がれ続けた。

溢れた分が胸から腹に温かく伝い流れ、すっかりピンピンに回復しているペニスを心地よく浸してきた。

間もなく流れが治まると、伸司は割れ目に口を付けて余りの雫をすすり、残り香を味わいながら舌を這わせると、淡い酸味のヌメリが内部に満ちてきた。

「も、もうダメよ……」

感じすぎた亜矢子が言って股間を引き離し、足を下ろすとクタクタと座り込んできた。

彼は抱き留めると、もう一度互いの全身をシャワーで洗い流し、身体を拭いてバスルームを出た。もちろん、まだ寝る気はなく、二人は全裸のままベッドに戻った。

「お願い、すぐ入れて、今度は上になって……」

亜矢子が仰向けになって言い、股を開いてきた。伸司も待ちきれないほど高まり、股間を進めて先端をあてがい、ヌルヌルッと一気に膣口へ挿入していった。

「ああッ……、すごい……！」

深々と受け入れた亜矢子が顔を仰け反らせて喘ぎ、伸司も股間を密着させ、脚を伸ばして熟れ肌に身を重ねていった。

先に彼女がズンズンと股間を突き上げ、伸司も合わせて腰を突き動かすと、すぐにもヌラヌラと動きが滑らかになった。

腰を遣いながら彼女の口に鼻を押し付けると、身体は洗って匂いは消えても、口はかぐわしい匂いをさせたままだった。

(明日は東京に戻って、亜以に会える。今度は制服姿で……)

高まりながら伸司は思い、美熟女と交わっているのに、その娘のことを思うのが、大変に背徳的な興奮となった。

そして互いの股間をぶつけ合いながら、二人は激しく昇り詰めていったのだった……。

本書は書き下ろしです。

実業之日本社文庫　最新刊

安達 瑶
悪徳探偵《ブラック》 お泊りしたいの
民泊、寝台列車、豪華客船……ヤクザ社長×悩殺美女が旅行業に乗り出した！　旅先の美女の誘惑に抗えない飯倉だが――絶好調悪徳探偵シリーズ第4弾！
あ84

伽古屋圭市
ねんねこ書房謎解き帖 文豪の尋ね人
秘密の鍵は文豪の手に!?　芥川龍之介、谷崎潤一郎、永井荷風……古書店に持ち込まれる謎を、無頼派店主があざやかに解決する大正ロマンな古書店ミステリー！
か43

車 浮代
落語怪談 えんま寄席
「芝浜」「火事息子」「明烏」……落語の世界の住人が死後に連れてこられる「えんま寄席」でのお裁きは？　本当は怖い落語ミステリー。（解説・細谷正充）
く81

西村京太郎
十津川警部捜査行 北の欲望 南の殺意
殺されたOLは魔性の女!?　彼女の過去に手がかりを求め、三田村刑事が岩手県花巻に向かうが……十津川班が奮闘する傑作ミステリー集！（解説・山前譲）
に119

南 英男
探偵刑事《デカ》
警視庁特命対策室の郡司直哉は探偵稼業を裏の顔に持つ刑事。正義の男の無念を晴らすべく、手段を選ばぬ怒りの鉄拳が炸裂。書下ろし痛快ハードサスペンス！
み79

睦月影郎
湘南の妻たちへ
最後の夏休みは美しすぎる人妻と！　純粋無垢な童貞君が、湘南の豪邸でバイトをすることに。そこにはセレブな人妻たちとの夢のような日々が待っていた。
む29

吉村達也
原爆ドーム0《ゼロ》磁場の殺人
原爆ドーム近くで起きた集団暴行で兄を殺された美少女は18年後、なぜか兄の死を目撃した男と結婚していた。単なる偶然か、それとも…（解説・大多和伴彦）
よ110

渡辺房男
大久保利通 わが維新、いまだ成らず
同郷の盟友・西郷隆盛とともに国造りに命を捧げた男が夢見た未来とは――維新の英傑の西南の役から暗殺までの一年を描く、渾身の歴史小説。大石学氏推薦。
わ12

渡波みずき
翡翠の色の、君だけの夏。「視える」修復士と洋館の謎
友人に騙され、軽井沢の別荘「翡翠館」の修復を手伝うことになったひより。修復士の遊佐と共に奇妙な事件に巻き込まれて――!?　青春ホラー×キャラミス！
わ21

実業之日本社文庫 む29

湘南《しょうなん》の妻《つま》たちへ

2018年8月15日　初版第1刷発行

著　者　睦月影郎《むつきかげろう》

発行者　岩野裕一
発行所　株式会社実業之日本社
〒153-0044　東京都目黒区大橋1-5-1
クロスエアタワー8階
電話［編集］03(6809)0473［販売］03(6809)0495
ホームページ　http://www.j-n.co.jp/
DTP　ラッシュ
印刷所　大日本印刷株式会社
製本所　大日本印刷株式会社

フォーマットデザイン　鈴木正道（Suzuki Design）

ISBN978-4-408-55432-7（第二文芸）